U0043330

《當代名家》

鐘聲又再響起

◎李家同／著

序（一）

孫越

短短不到一個月的日子裡，在與運動有關的記者會上，我兩次遇上了紀政小姐。當然，記者會也一定要邀請知名度高的首長。媒體的記者群也因爲長官的高知名度而全來到了現場。按程序，長官先致詞，之後才是由紀政報告此次記者會的目的，及相關的事項。可是我卻看到一個奇怪的現象：長官上台致詞，媒體即刻蜂擁台前，除了閃光燈閃啊閃的之外，遠處早已架好的錄影機也全部開機錄影。

其實，我要說的重點是，參加這兩場記者會來的媒體先生、小姐們，幾乎都在長官致詞後隨著長官離去。但是，我所看到的紀政，這位被稱爲「飛躍的羚羊」的紀政，絕不會因爲媒體幾乎全都走光了，而讓她面帶慍容。但看她，熱情依舊的對著台下少之又少的群眾，詳述爲何要推動此項運動，它的意義在哪裡？如何的報名參加等等。

也許你認爲這是小事一樁，司空見慣了，何須我大驚小怪做冗長的敘述。可是請看，李家同教授所寫的篇篇文章，從《讓高牆倒下吧》到報章及網站上所傳頌的文章，不都是表達對人類的至善、至愛的堅持嗎？今天我們最常犯的錯誤，在認爲「對」的事上，不夠堅持。

我是一個推動社會公益的人。若你要問什麼是公益？簡言之，就是對公眾身、心、靈有益的事，就叫公益。故此我想爲此書寫序。

這本《鐘聲又再響起》新書，可說字裡行間全是作者李家同的至情。從一張車票找到母愛，從鄉間的老醫師到血型驗眞情，可說篇篇見眞愛。

我是一個怪人，當年（半世紀前）與老妻尚在談戀愛的時候，凡是我看過的好書或是好電影都會介紹給她看，而我只做推薦，絕不告知內容。

這是一本形容人性尊貴的書，也許它暫時的影響不會太大。但是我確信，因為書中篇篇動人的故事，而讓我們感到，活得有希望！

請看！

序(二)

謝謝您!! 看了書、感動了!!

失去感覺太久的我想了又想.

人世間 有悲有喜 難過

彼此間 有聚有散 難猜

我心間 有起有落 難看

這一次被敲響了心中的銅鐘

轟然鐘聲又再在我生命響起!!

一個晚上 德華

2002

自序——小人物的心聲

李家同

一九九九年，聯經出版公司告訴我《讓高牆倒下吧》創下了銷售二十萬本的紀錄，我當時好高興，但是我也在想，這本書的銷售一定已經到了強弩之末了，誰會再買這本書呢？

三年過去了，聯經出版公司又告訴我，《讓高牆倒下吧》創下了銷售三十萬本的紀錄，短短的三年，又有十萬人買了這本書，不僅如此，《陌生人》也賣掉了十萬本，《幕永不落下》問世才二年，也已經銷售了四萬本，我不禁要問，這是怎麼一回事？

看了我的書，不會致富，也不可能因此而在事業上一帆風順，更不會因此找到好的男女朋友。我又不是專業作家，沒有受過任何寫作的訓練，寫出來的文章頂多通順而已，文辭優美，絕無此事，所以也不會有人將我的文章當成模範作文來唸。

我雖然不是社會學家，但我相信人類心中渴望見到的，仍是一個大家都很快樂的世界，不論你是一個華爾街的億萬富翁，或者是矽谷的電子工程師，你和阿富汗的牧羊人，其實並沒有什麼不同，你的內心深處，其實只有一個最基本的慾望，你希望你能平平安安的過日子，你也希望能夠看到世界上每一個人都能平平安安地過日子。

但是平平安安地過日子，好像已經變成了奢侈品，即使在世界上最強大的美國，老百姓正在接種天花疫苗，因爲他們害怕生化的恐怖攻擊，以色列和巴勒斯坦之間，更好像永遠是一個悲慘而可怕的地方，在那個地區的人，沒有一個人不是生活在死亡的陰影之下。

我們這些人其實都知道，只要人類的心靈中沒有平安，和平不可能到達的。我們都嚮往一個大家相互關懷、相互關愛的社會。幾年前，我去南投縣地利村玩，到達了一座天主堂，也看到了一座可以敲的鐘，修女告訴我，鐘是不能隨便敲的，因爲敲幾下是有意義的，每一次敲鐘，都表示村人之間的相互關懷，比方說，敲七次，表示有人生病了，敲十次，也許表示有人去世了。我們誰都希望我們的社會是一個鐘聲又再響起的社會，因爲我們每一個人都有需要別人關懷我們的時刻。我們可以不是億萬富翁，但我們絕不能孤獨地生活在這個世界上，就是這個原因，我寫了〈鐘聲又再響起〉，因爲我深信我們的社會仍然是很單純的，我們沒有什麼奢侈的慾望，我們只希望我們人類的社會是一個充滿愛與關懷的社會。

我沒有寫任何偉大的交響樂，但我卻寫出了小人物的心聲。也許這就是我的書一直有人買的緣故。

當我寫〈小男孩的爸爸〉的時候，我只覺得這是一個好玩的故事，沒有想到好多人寫信給我，說他們好喜歡這個故事，因爲這個世界就需要這種令人感到溫暖的故事。小男孩的爸爸是學電機的，他的世界充滿了「不是你死，就是我活」的競爭，但他仍有一顆柔軟的心，他之所以快樂，不是因爲他在事業上多麼有成就感，而是因爲他終於成爲了小男孩的爸爸，有了一個溫暖的家庭。

感謝聯經出版公司再度替我出書，這本書的特色是每一個故事都有一張插圖，感謝紅膠囊替我畫了這麼多美麗的畫，我當然還要感謝孫越叔叔和天王巨星劉德華寫的序，各位讀者一定不知道，華仔不僅歌唱得好，字也寫得好，這本書的封面，就是由他題字的。

親愛的讀者，我不知道你是誰，但我知道你是個心地善良的人，你我都渴望我們的家人能安居樂業，你我更希望世界上每一個人都能安居樂業。遺憾的是，在這個世界上，大多數的人生活在悲慘的情況之中，你我都希望世人能夠永遠聽不到砲聲，但看來砲聲可能再度響起。

我們唯一能做的，是讓世人有更多的慈悲心，我們也許不能使砲聲不再響起，但我們也許能在砲聲停息以後，有人能撫慰受傷的心靈，總有一天，鐘聲會隨著微風，越過海洋，越過原野，吹到世界上的每一個角落。

二〇〇二年十一月

目次

車票

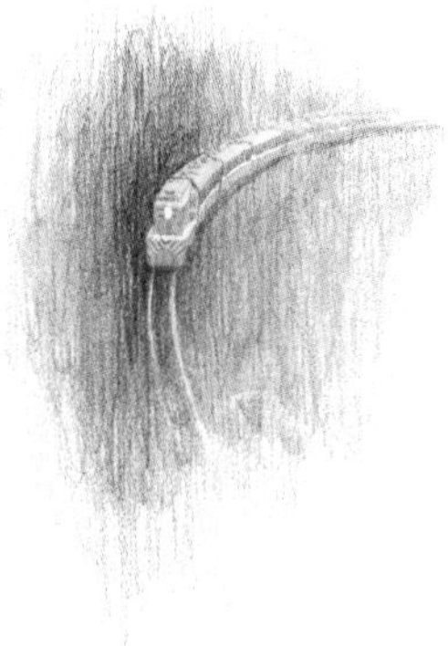

我從小就怕過母親節，因爲我生下不久，就被母親遺棄了。

每到母親節，我就會感到不自然，因爲母親節前後，電視節目，全是歌頌母愛的歌，電台更是如此，即使做個餅乾廣告，也都是母親節的歌。對我而言，每一首這種歌曲都消受不了的。

我生下一個多月，就被人在新竹火車站發現了我，車站附近的警察們慌作一團地替我餵奶，這些大男生找到一位會餵奶的婦人，要不是她，我恐怕早已哭出病來了。等到我吃飽了奶，安詳睡去，這些警察伯伯輕手輕腳地將我送到了新竹縣寶山鄉的德蘭中心，讓那些成天笑嘻嘻的天主教修女傷腦筋。

我沒有見過我的母親，小時候只知道修女們帶我長大，晚上，其他的大哥哥、大姊姊都要念書，我無事可做，只好纏著修女，她們進聖堂念晚課，我跟著進去，有時鑽進了祭台下面玩耍，有時對著在祈禱的修女們做鬼臉，更常常靠著修女睡著了，好心的修女會不等晚課念完，就先將我抱上樓去睡覺，我一直懷疑她們喜歡我，是因為我給她們一個溜出聖堂的大好機會。

我們雖然都是家遭變故的孩子，可是大多數都仍有家，過年、過節叔叔伯伯甚至兄長都會來接，只有我，連家在那裡，都不知道。

也就因為如此，修女們對我們這些眞正無家可歸的孩子們特別好，總不准其他孩子欺侮我們。我從小功課不錯，修女們更是找了一大批義工來做我的家教。

屈指算來，做過我家教的人眞是不少，他們都是交大、清大的研究生和教授，工研院、園區內廠商的工程師。

教我理化的老師，當年是博士班學生，現在已是副教授了，教我英文的，根本就是位正教授，難怪我從小英文就很好了。

修女也逼著我學琴，小學四年級，我已擔任聖堂的電風琴手，彌撒中，由我負責彈琴，由於我在教會裡所受的薰陶，我的口齒比較清晰，在學校裡，我常常參加演講比賽，有一次還擔任畢業生致答詞的代表，可是我從來不願在慶祝母親節的節目中擔任重要的角色。

我雖然喜歡彈琴，可是永遠有一個禁忌，我不能彈母親節的歌。我想除非有人強迫我彈，否則我絕不會自己去彈的。

我有時也會想，我的母親究竟是誰？看了小說以後，我猜自己是個私生子。爸爸始亂終棄，年輕的媽媽只好將我遺棄了。

大概因為我天資不錯，再加上那些熱心家教的義務幫忙，我順利地考上了新竹省中，大學聯招也考上了成功大學土木系。

在大學的時候，我靠工讀完成了學業，帶我長大的孫修女有時會來看我，我的那些大老粗型的男同學，一看到她，馬上變得文雅得不得了。很多同學知道我的身世以後，都會安慰我，說我是由修女們帶大的，怪不得我的氣質很好。畢業那天，別人都有爸爸媽媽來，我的惟一親人是孫修女，我們的系主任還特別和她照相。

服役期間，我回德蘭中心玩，這次孫修女忽然要和我談一件嚴肅的事，她從一個抽屜裡拿出一個信封，請我看看信封的內容。

信封裡有兩張車票，孫修女告訴我，當警察送我來的時候，我的衣服裡塞了這兩張車票，顯然是我的母親用這些車票從她住的地方到新竹車站的，一張公車票從南部的一個地方到屏東市。另一張火車票是從屏東到新竹，這是一張慢車票，我立刻明白我的母親不是有錢人。

孫修女告訴我，她們通常並不喜歡去找出棄嬰的過去身世，因此她們一直保留了這兩張車票，等我長大了再說，她們觀察我很久，最後的結論是我很理智，應該有能力處理這件事了。她們曾經去過這個小城，發現小城人極少，如果我眞要找出我的親人，應該不是難事。

我一直想和我的父母見一次面，可是現在拿了這兩張車票，我卻猶豫不決了。我現在活得好好的，有大學文憑，甚至也有一位快要談論終身大事的女朋友，爲什麼我要走回過去。去尋找一個完全陌生的過去？何況十有八九，找到的恐怕是不愉快的事實。

孫修女卻仍鼓勵我去，她認爲我已有光明的前途，沒有理由讓我的身世之謎永遠成爲心頭的陰影，她一直勸我要有最壞的打算，即使發現的事實不愉快，應該不至於動搖我對自己前途的信心。

我終於去了。

這個我過去從未聽過的小城，是個山城，從屏東市要坐一個多小時的公車，才能到達。雖是南部，因爲是冬天，總有點山上特有的涼意，

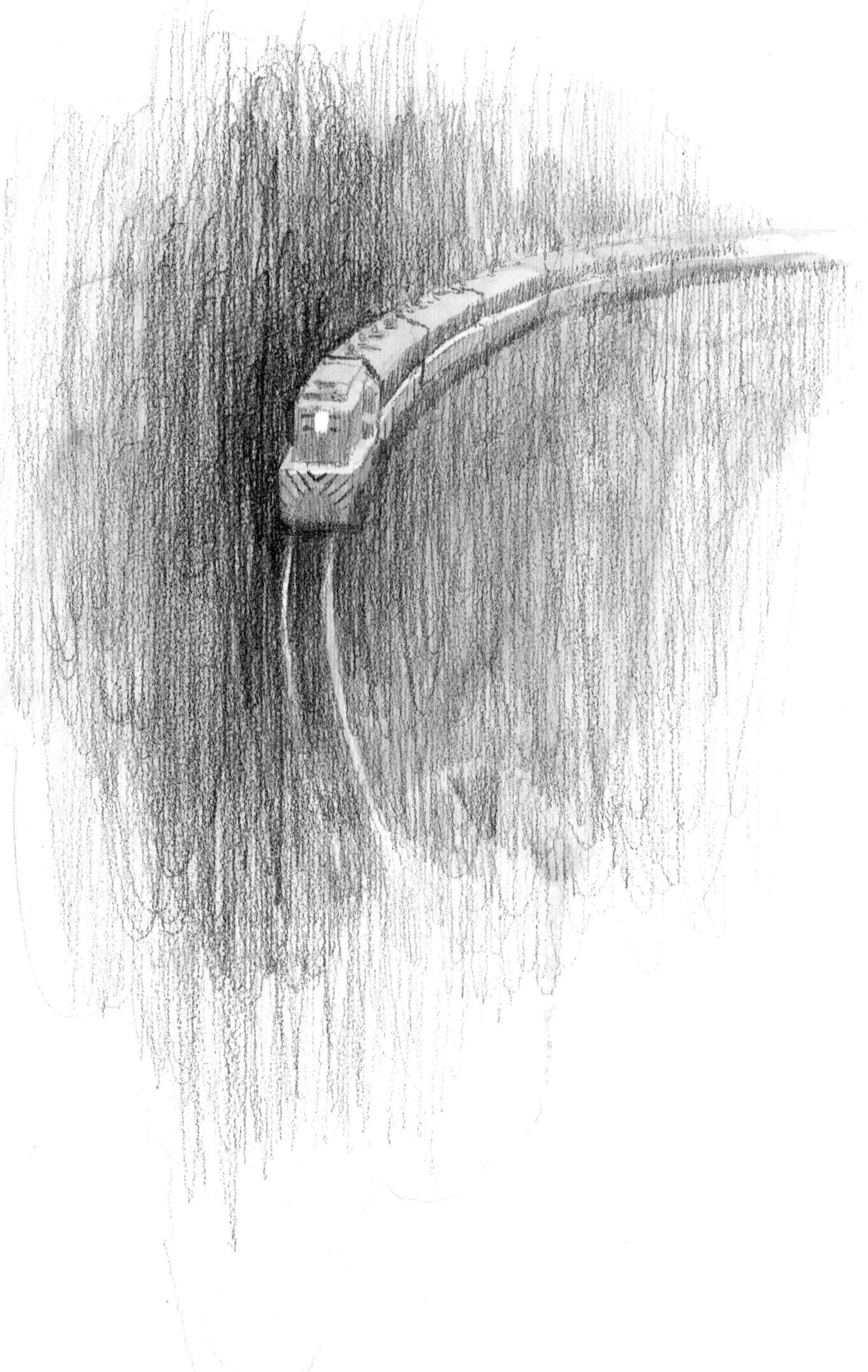

小城的確小，只有一條馬路、一兩家雜貨店、一家派出所、一家鎮公所、一所國民小學、一所國民中學，然後就什麼都沒有了。

我在派出所和鎮公所裡來來回回地跑，終於讓我找到了兩筆與我似乎有關的資料，第一筆是一個小男孩的出生資料，第二個是這個小男生家人來申報遺失的資料，遺失日期就是我被遺棄的第二天，出生在一個多月以前。據修女們的記錄，我被發現在新竹車站時，只有一個多月大。看來我找到我的出生資料了。

問題是：我的父母都已去世了，父親六年前去世，母親幾個月以前去世。我有一個哥哥，這個哥哥早已離開小城，不知何處去了。

畢竟這個小城，誰都認識誰，派出所的一位老警員告訴我，我的媽媽一直在那所國中裡做工友，他馬上帶我去看國中的校長。

校長是位女士，非常熱忱地歡迎我。她說的確我的媽媽一輩子在這裡做工友，是一位非常慈祥的老太太，我的爸爸非常懶，別的男人都去城裡找工作，只有他不肯走，在小城做些零工，小城根本沒有什麼零工可做，因此他一輩子靠我的媽媽做工友過活。因爲不做事，心情也就不好，只好借酒澆愁，喝醉了，有時打我的媽媽，有時打我的哥哥。事後雖然有些後悔，但積習難改，媽媽和哥哥被鬧了一輩子，哥哥在國中二年級的時候，索性離家出走，從此沒有回來。

這位老媽媽的確有過第二位兒子，可是一個月大以後，神秘地失蹤了。

校長問了我很多事，我一一據實以告，當她知道我在北部的孤兒院長大以後，她忽然激動了起來，在櫃子裡找出了一個大信封，這個大信封是我母親去世以後，在她枕邊發現的，校長認爲裡面的東西一定有意義，決定留了下來，等他的親人來領。

我以顫抖的手，打開了這個信封，發現裡面全是車票，一套一套從這個南部小城到新竹縣寶山鄉的來回車票，全部都保存得好好的。

校長告訴我，每半年我的母親會到北部去看一位親戚，大家都不知道這親戚是誰，只感到她回來的時候心情就會很好。母親晚年信了佛教，她最得意的事是說服了一些信佛教的有錢人，湊足了一百萬台幣，捐給天主教辦的孤兒院，捐贈的那一天，她也親自去了。

我想起來，有一次一輛大型遊覽車帶來了一批南部到北部來進香的善男信女。他們帶了一張一百萬元的支票，捐給我們德蘭中心。修女們感激之餘，召集所有的小孩子和他們合影，我正在打籃球，也被抓來，老大不情願地和大家照了一張相，現在我居然在信封裡找到了這張照片，我也請人家認出我的母親，她和我站得不遠。

更使我感動的是我畢業那一年的畢業紀念冊，有一頁被影印了以後放在信封裡，那是我們班上同學戴方帽子的一頁，我也在其中。

我的媽媽，雖然遺棄了我，仍然一直來看我，她甚至可能也參加了我大學的畢業典禮。

校長的聲音非常平靜，她說「你應該感謝你的母親，她遺棄了你，是爲了替你找一個更好生活環境，你如留在這裡，最多只是國中畢業以後去城裡做工，我們這裡幾乎很少人能進高中的。弄得不好，你吃不消你爸爸的每天打罵，說不定也會像你哥哥那樣離家出走，一去不返。」

校長索性找了其他的老師來，告訴了他們有關我的故事，大家都恭喜我能從國立大學畢業，有一位老師說，他們這裡從來沒有學生可以考取國立大學的。

我忽然有一個衝動，我問校長校內有沒有鋼琴，她說她們的鋼琴不是很好的，可是電風琴卻是全新的。

我打開了琴蓋，對著窗外的冬日夕陽，我一首一首地彈母親節的歌，我要讓人知道，我雖然在孤兒院長大，可是我不是孤兒。因爲我一直有那些好心而又有教養的修女們，像母親一般地將我撫養長大，我難道不該將她們看成是自己的母親嗎？更何況，我的生母一直在關心我，是她的果斷和犧牲，使我能有一個良好的生長環境，和光明的前途。

我的禁忌消失了，我不僅可以彈所有母親節歌曲，我還能輕輕地唱，校長和老師們也跟著我唱，琴聲傳出了校園，山谷裡一定充滿了我的琴聲，在夕陽裡，小城的居民們一定會問，爲什麼今天有人要彈母親節的歌？

對我而言，今天是母親節，這個塞滿車票的信封，使我從此以後，再也不怕過母親節了。

來自遠方的孩子

作爲大學的歷史系教授，即使不兼任何行政職務，仍要參加各種校內外會議。今年我總算有一個休假一年的機會，我選了普林斯頓大學作爲我休假的地方。

剛來的時候，正是暑假，雖然有些暑修的學生，校園裡仍顯得很冷清，對我而言，這眞是天堂，我可以常常在校園裡散步，享受校園寧靜之美。

就在此時，我看到了那個孩子，他皮膚黑黑的，大約十三、四歲，一看上去就知道是中南美洲來的，他穿了T恤，常常在校園裡閒逛，令我有點不解的是，他老是一個人，在美國，雖然個人主義流行，但並不

提倡孤獨主義，青少年老是呼朋引伴而行，像他這種永遠一個人閒逛，我從來沒有見過。

我不僅在校園裡看到他，也在圖書館、學生餐廳，甚至書店裡看到他。我好奇地注意到，他不僅永遠一個人，而且永遠是個旁觀者，對他來講，似乎我們要吃飯，要上圖書館等等都是值得他觀察的事。可是他只觀察，從不參與。比說，我從未看到他排隊買飯吃。

有一次，我到紐約去，在帝國大廈的頂樓，我忽然又看到了他，這次他對我笑了笑，露出一嘴潔白的牙齒。當天晚上，在地下鐵的車子裡，我又看到了他，坐在我的後面，車廂裡只有我們兩個人。

我開始覺得有些不可思議，他爲什麼老是尾隨著我？

秋天來了，普林斯頓校園內的樹葉，一夜之間變成了金黃色的，我更喜歡在校園內散步了，因爲美國東部秋景美得令人陶醉，可是令我不解的是，這位男孩子仍在校園內閒逛，唯一的改變是他穿了一件夾克。所有的中學都已經開學了，他難道不要上學嗎？如果不上學，爲什麼不去打工呢？

有一天，我正要進圖書館去，又見到了他，他斜靠在圖書館前的一根柱子上，好像在等我，我不禁自言自語地問：「搞什麼鬼，他究竟是誰？怎麼老是在這裡？」

沒有想到他回答了，「教授，你要知道我是誰嗎？跟我到圖書館裡去，我會告訴你我是誰。」令我大吃一驚的是他竟然用中文回答我。他一面回答了我，一面大模大樣地領我向查詢資料的一架電腦走去。

我照著他的指示，啓用了一個多媒體的電腦系統，幾次以後，這個男孩子告訴我，我已找到了資料，這是一卷錄影帶，一按鈕以後，我在終端機看到了這卷錄影帶，這卷錄影帶我看過的，去年我服務的大學舉辦「飢餓三十」的活動，主辦單位向世界展望會借了這卷錄影帶來放，這裡面記錄的全是世界各地貧窮青少年的悲慘情形，大多數的鏡頭攝自非洲和中南美洲，事後我又在電視上看了一次，今天我是第三次看了。

雖然這卷錄影帶上的場面都很令人難過，可是我印象最深的是一個少年乞丐的鏡頭，他坐在一座橋上，不時地向路過的人叩頭。說實話，雖然我看了兩次這卷錄影帶，別的鏡頭我都不記得了，可是這個男孩子不停地叩頭的鏡頭，我卻一直記得。

大概五分鐘以後，那個少年乞丐叩頭的鏡頭出現了，我旁邊的這個孩子叫我將錄影帶暫停，畫面上只有那個小乞丐側影的靜止鏡頭，然後他叫我將畫面選擇性地放大，使小乞丐的側影顯現得非常清楚。

他說，「這就是我。」

我抬起頭來，看到的是一個健康的而且笑嘻嘻的孩子，我不相信一個小乞丐能夠有如此大的變化。

我說「你怎麼完全變了一個人？」

孩子向我解釋：「自從世界展望會在巴西拍了這一段記錄片以後，全世界都知道巴西有成千上萬的青少年流落街頭，巴西政府大爲光火，所以他們就在大城市裡大肆取締我們青少年乞丐。這些警察非常痛恨我們，除了常常將我們毒打一頓以外，還會將我們帶到荒野裡去放逐，使我們回不了城市，很多小孩子不是餓死，就是凍死在荒野裡。

「有一天，我忽然發現大批警察從橋的兩頭走過來，我也看到了一個孩子被他們拖到橋中間痛揍，我當時只有一條路走，那就是從橋上跳下去。」

我嚇了一跳，「難道你已離開了這世界？」

他點點頭，「對，現在是我的靈魂和你的靈魂談話，至於這個身體，這僅僅是個影像，並不是什麼實體，我活著的時候，一直羨慕別人有這種健康的身體，所以我就選了這樣的身體，你摸不到我的，別人也看不到我，也聽不到我們的聲音，因爲靈魂的交談是沒有聲音的，你難

道沒有注意到你我的嘴唇都沒有動，我其實不會中文，可是你卻以爲我會中文。」

我終於懂了，怪不得他從來不吃飯，現在回想起來，我甚至沒有看到他開過門。

雖然我在和一個靈魂談話，我卻一點也不害怕，他看上去非常友善，不像要來傷害我。「你爲什麼找上我？」

「你先結束這個電腦系統，我們到外面去聊。」

我們離開校園，走到了一個山谷，山谷裡有一個池塘，山谷裡和池塘裡現在全是從北方飛過來的野鴨子，我們找了一塊草地坐下。

「我離開這個世界以後，終於到了沒有痛苦，也沒有悲傷的地方。雖然如此，我仍碰到不知道多少個窮人，大家聊天以後，公推我來找你。你是歷史學家，你有沒有注意到，我們人類的歷史老是記錄帝王將相的故事，從來不會記錄我們這些窮人的故事，也難怪你們，畢竟寫歷史的人都不是窮人，你們根本不知道我們的存在，當然也無法從我們的眼光來看世界了。

「世界上所有的歷史博物館，也都只展覽皇帝、公爵、大主教這些人的事跡，我在全世界找，只找到一兩幅畫，描寫我們窮人。拿破崙根本是個戰爭販子，他使幾百萬人成爲無家可歸的孤兒寡婦，可是博物館裡老是展覽他的文物。

「你們中國歷史有名的貞觀之治，在此之前，短短幾十年內，你們的人口因爲戰亂，只剩下了百分之十。百分之九十的人都是餓死的，可是你們歷史教科書也只輕描淡寫地一筆帶過這件大事。

我最近也開始看世界地理雜誌，這份雜誌所描寫的地球，是個無比美麗的地方，他們介紹印度的時候，永遠介紹那些大理石造成的宮殿，而從來不敢拍一張印度城市裡的垃圾堆，以及在垃圾堆旁邊討生活的窮人，他們介紹里約熱內盧，也只介紹海灘上游泳的人，而不敢介紹成千上萬露宿街頭的兒童。

「你也許覺得我們的校園好美，我們現在坐的地方更美，可是世界眞的如此之美嗎？你只要開車一小時，就可以到達紐澤西州的特蘭登城，這個城裡黑人小孩子十二歲就會死於由於販毒而引起的仇殺，如果他不是窮人，他肯在十二歲就去販毒嗎？

「我們死去的窮人有一種共識，只要歷史不記載我們窮人的事，只要歷史學家不從窮人的眼光來寫歷史，人類的貧窮永遠不會消失的。

「我們希望你改變歷史的寫法，使歷史能忠實地記載人類的貧困，連這些來自北方的野鴨子，都有人關心，爲什麼窮人反而沒有人關心呢？」

我明白了，可是我仍好奇，「這世界上的歷史學家多得不得了，爲什麼你們會選上了我？」

「因爲我們窮人對你有信心，知道你不會因爲同情窮人而挑起再一次的階級鬥爭，我們只希望世人有更多的愛，更多的關懷，我們不要再看到任何的階級仇恨。」

我點點頭，答應了他的請求。他用手勢謝謝我。然後他叫我往學校的方向走去，不要回頭，一旦我聽到他的歌聲，他就會消失了。

一會兒，我聽到了一陣笛聲，然後我聽到了一個男孩子蒼涼的歌聲。有一年，我在唸大學的時候，參加了山地服務團，正好有緣參加了一位原住民的葬禮。葬禮中，我聽到了類似的蒼涼歌聲。

幾分鐘以後，我聽到了一個女孩子也加入了歌聲，終於好多人都參加了，大合唱的歌聲四面八方地傳到我的腦中，我雖然聽不懂歌詞，可是我知道唱的人都是窮人，他們要設法告訴我，這個世界並不是像我們看到的如此之美，我現在在秋陽似酒的寧靜校園裡散步，我的世界既幸福又美好，可是就在此時，世界上有很多窮人生活得非常悲慘，只是我不願看到他們而已。我知道，從此以後，在我的有生之年，每當夜深人靜的時候，我就會聽到這種歌聲。

＊　＊　＊

公元二千一百年，世界歷史學會在巴西的里約熱內盧開會，這次大會，有一個特別的主題，與會的學者們要向一位逝世一百年的歷史學家致敬，由於這位來自台灣學者的大力鼓吹，人類的歷史不再只記錄帝王將相的變遷，而能忠實地反映全人類的生活，因此歷史開始記錄人類的貧困問題，歷史文物博物館也開始展覽人類中不幸同胞的悲慘情形。

這位教授使得人類的良心受到很大的衝擊，很多人不再對窮人漠不關心，也就由於這種良知上的覺醒，各國政府都用盡了方法消除窮困。這位歷史學家不僅改變了寫歷史的方法，也改寫了人類的歷史。

我已長大了

我的爸爸是任何人都會引以爲榮的人。

他是位名律師，精通國際法，客戶全是大公司，因此收入相當好。可是他卻常常替弱勢團體服務，替他們提供免費的服務。不僅如此，他每週都有一天會去勵德補習班替那些青少年受刑人補習功課，每次高中放榜的時候，他都會很緊張地注意那些受刑人榜上是否有名。

我是獨子，當然是三千寵愛在一身，爸爸沒有慣壞我，可是他給我的實在太多了。我們家很寬敞，也佈置得極爲優雅。爸爸的書房是清一色的深色家具：深色的書架、深色的橡木牆壁、大型的深色書桌、書桌上造型古雅的檯燈，爸爸每天晚上都要在他的書桌上處理一些公事，我

小時常乘機進去玩。爸爸有時也會解釋給我聽他處理某些案件的邏輯。他的思路永遠如此合乎邏輯，以致我從小就學會了他的那一套思維方式，也難怪每次我發言時常常思路很清晰，老師們當然一直都喜歡我。

爸爸的書房裡放滿了書，一半是法律的，另一半是文學的，爸爸鼓勵我看那些經典名著。因爲他常出國，我很小就去外國看過世界著名的博物館。我隱隱約約地感到爸爸要使我成爲一位非常有教養的人，在爸爸的這種刻意安排之下，再笨的孩子也會有教養的。

我在念小學的時候，有一天在操場上摔得頭破血流。老師打電話告訴爸爸。爸爸來了，他的黑色大轎車直接開進了操場，爸爸和他的司機走下來抱我，我這才注意到司機也穿了黑色的西裝，我得意得不得了，有這麼一位爸爸，眞是幸福的事。

我現在是大學生了，當然一個月才會和爸媽度一個週末。前幾天放春假，爸爸叫我去墾丁，我家在那裡有一個別墅。

爸爸邀我去沿著海邊散步，太陽快下山了，爸爸在一個懸崖旁邊坐下休息。他忽然提到最近被槍決的劉煥榮，爸爸說他非常反對死刑，死刑犯雖然從前曾做過壞事，可是他後來已是手無寸鐵之人，而且有些死刑犯後來完全改過遷善，被槍決的人，往往是個好人。

我提起社會公義的問題，爸爸沒有和我辯論，只說社會該講公義，更該講寬恕。他說：「我們都有希望別人寬恕我們的可能。」

我想起爸爸也曾做過法官，就順口問他有沒有判過任何人死刑。

爸爸說：「我判過一次死刑，犯人是一位年青的原住民，沒有什麼常識，他在台北打工的時候，身分證被老闆娘扣住了，其實這是不合法的，任何人不得扣留其他人的身分證。他簡直變成了老闆娘的奴工，在盛怒之下，打死了老闆娘。我是主審法官，將他判了死刑。

「事後，這位犯人在監獄裡信了教，從各種跡象來看，他已是個好人，因此我四處去替他求情，希望他能得到特赦，免於死刑，可是沒有成功。

「他被判刑以後，太太替他生了個活潑可愛的兒子，我在監獄探訪他的時候，看到了這個初生嬰兒的照片，想到他將成爲孤兒，也使我傷感不已，由於他已成另一個好人，我對我判的死刑痛悔不已。」

「他臨刑之前，我收到一封信。」

爸爸從口袋中，拿出一張已經變黃的信紙，一言不發地遞給了我。

信是這樣寫的：

法官大人：

謝謝你替我做的種種努力，看來我快走了，可是我會永遠感謝你的。

我有一個不情之請，請你照顧我的兒子，使他脫離無知和貧窮的環境，讓他從小就接受良好的教育，求求你幫助他成爲一個有教養的人，再也不能讓他像我這樣，糊裡糊塗地浪費了一生。

×××敬上

我對這個孩子大爲好奇，「爸爸你怎麼樣照顧他的？」

爸爸說「我收養了他。」

一瞬間，世界全變了。這不是我的爸爸，他是殺我爸爸的兇手，子報父仇，殺人者死。我跳了起來，只要我輕輕一推，爸爸就會粉身碎骨地跌到懸崖下面去。

可是我的親生父親已經寬恕了判他死刑的人，坐在這裡的，是個好人，他對他自己判人死刑的事情始終耿耿於懷，我的親生父親悔改以後，仍被處決，是社會的錯，我沒有權利再犯這種錯誤。

如果我的親生父親在場，他會希望我怎麼辦？

我蹲了下來，輕輕地對爸爸說：「爸爸，天快黑了，我們回去吧！

媽媽在等我們。」

爸爸站了起來，我看到他眼角的淚水，「兒子，謝謝你，沒有想到你這麼快就原諒了我。」

我發現我的眼光也因淚水而有點模糊，可是我的話卻非常清晰，「爸爸，我是你的兒子，謝謝你將我養大成人。」

海邊這時正好颳起了墾丁常有的落山風，爸爸忽然顯得有些虛弱，我扶著他，在落日的餘暉下，向遠處的燈光頂著大風走回去，荒野裡只有我們父子兩人。

我以我死去的生父爲榮，他心胸寬大到可以寬恕判他死刑的人。

我以我的爸爸爲榮，他對判人死刑，一直感到良心不安，他已盡了他的責任，將我養大成人，甚至對我可能結束他的生命，都有了準備。

而我呢？我自己覺得我又高大、又強壯，我已長大了。只有成熟的

人，才會寬恕別人，才能享受到寬恕以後而來的平安，小孩子是不會懂這些的。

我的親生父親，你可以安息了。你的兒子已經長大成人，我今天所做的事，一定是你所喜歡的。

李花村

當時只記入山深，
青溪幾曲到雲林，
春來遍是桃花水，
不辨仙源何處尋。

——王維《桃源行詩》

孩子送來的時候，看上去還不太嚴重，可是當時我就感到有些不妙，根據我在竹東榮民醫院服務三十多年的經驗，這孩子可能得了川崎症，這種病只有小孩子會得，相當危險的。

我告訴孩子的父母，孩子必須住院，他們有點困惑，因爲小孩子看上去精神還滿好的，甚至不時做些胡鬧的舉動，可是他們很合作，一切聽我的安排。

我一方面請護理人員做了很多必要的檢查，一方面將其他幾位對川崎症有經驗的醫生都找來了，我們看了實驗室送來的報告，發現孩子果眞得了川崎症，而且是高度危險的一種，可能活不過今晚了。

到了晚上十點鐘，距離孩子住院只有五個小時，孩子的情況急轉直下，到了十點半，孩子竟然昏迷不醒了，我只好將實情告訴了孩子的父母，他們第一次聽到川崎症，當我婉轉地告訴他們孩子可能過不了今天晚上以後，孩子的媽媽立刻昏了過去，他的爸爸丟開了孩子，慌做一團地去救孩子的媽媽，全家陷入一片愁雲慘霧之中。也難怪，這個小孩子好可愛，一副聰明相，只有六歲，是這對年輕夫婦唯一的孩子。

孩子的祖父也來了，祖父已經七十歲，身體健朗得很，他是全家最鎮靜的一位，不時安慰兒子和媳婦，他告訴我，孩子和他幾乎相依爲命，因爲爸爸媽媽都要上班，孩子和爺爺奶奶相處的時間很長。

孩子的祖父一再地說，「我已經七十五歲了，我可以走了，偏偏身體好好的，孩子這麼小，爲什麼不能多活幾年？」

我是一位醫生，行醫已經快四十年了，依目前的情況來看，我的經驗使我相信孩子存活的機會非常之小，可是我仍安排他住進了加護病房，孩子躺在加護病房裡，臉上罩上了氧氣罩，靜靜地躺著，我忽然跪下來作了一個非常誠懇的祈禱，我向上蒼說，我願意走，希望上蒼將孩子留下來。理由很簡單，我已六十五歲，這一輩子活得豐富而舒適，我已對人世沒什麼眷戀，可是孩子只有六歲，讓他活下去，好好地享受人生吧。

孩子的情況雖然穩定了下來，但也沒有改善，清晨六時，接替我的王醫生來了，他看我一臉的倦容，勸我趕快回家睡覺。

我發動車子以後，忽然想到鄉下去透透氣，我沿著上山的路向五指山開去，這條路風景奇佳，清晨更美。

就在我開車的時候，忽然看到了一個往李花村的牌子，我這條路已經走過了幾十次，從來不知道什麼叫李花村的地方，可是不久我又看到往李花村的牌子，大概二十分鐘以後，我發現一條往右轉的路，李花村到了，到李花村是不能開車進去的，只有一條可以步行或騎腳踏車的便道。

走了十分鐘，李花村的全景在我面前一覽無遺，李花村是一個山谷，山谷裡漫山遍野地種滿李花，現在正是二月，白色的李花像白雲一般地將整個山谷蓋了起來。

可是，李花村給我最深刻的印象，卻不是白色的李花，而是李花村使我想起了四十年前臺灣的鄉下，這裡看不到一輛汽車，除了走路以外，只有騎腳踏車，我也注意到那些農舍裡冒出的炊煙，顯然大家都用柴火燒早飯，更使我感到有趣的是一家雜貨店，一大清晨，雜貨店就開門了，有人在買油，他帶了一只瓶子，店主用漏斗從一只大桶裡倒油給他，另一位客人要買兩塊豆腐乳，他帶了一只碗來，店主從一只缸裡小心翼翼地揀了兩塊豆腐乳，放在他的碗裡面。

我在街上漫無目的地亂逛，有一位中年人看到了我，他說「張醫生早」，我問他怎麼知道我是張醫生，他指指我身上的名牌，我這才想起我沒脫下醫生的白袍子。

中年人說，「張醫生，看起來你似乎一晚沒有睡覺，要不要到我家去休息一下？」我累得不得了，就答應了。中年人的家也使我想起了四十年前的臺灣鄉下房子，他的媽媽問我要不要吃早飯，我當然答應，老太太在燒柴的爐子上熱了一鍋稀飯，煎了一只荷包蛋，還給了我一個熱饅頭，配上花生米和醬瓜，我吃得好舒服。

吃完早餐以後，我躺在竹床上睡著了，醒來，發現已經十二點，溫

暖的陽光使我眼睛有點睜不開，看到李花村如此的安詳，如此的純樸，我忽然想留下來，可是我想起那得到了川崎症的孩子，我看到了一支電話，就問那位又在廚房裡忙的老太太可不可以借用他們的電話打到竹東去，因爲我關心竹東榮民醫院的一位病人，老太太告訴我這支電話只能通到李花村，打不出去的，她說如果我記掛竹東的病人，就必須回去看。

我謝謝老太太，請她轉告她的兒子，我要回去看我的病人，我沿著進來的路，走出了李花村，開車回到竹東榮民醫院，令我感到無限快樂的是孩子活回來了，顯然脫離了險境，過了三天以後，孩子出院了。這眞是奇蹟。

我呢？我一直想回李花村看看，可是我再也找不到李花村了，我一共試了五次，每次都看不到往李花村的牌子，那條往右轉的路也不見了，在公路的右邊，只看到山和樹林。我根本不敢和任何人談起我的經驗，大家一定會認爲我老糊塗了，竹東山裡那有一個開滿了李花的地方？

這是半年前的事，昨天晚上，輪到我值班，急診室送來了一個小孩子，他爸爸騎機車載他，車子緊急煞車，孩子飛了出去，頭碰到地，沒有戴安全帽，其結果可想而知，他被送進醫院的時候，連耳朵裡都在不斷地流血出來，我們立刻將他送入手術室，打開了他的頭蓋骨，發現他腦子裡已經充血，我們不但要吸掉腦子裡的血，還要替他取出腦袋裡折斷的骨頭，如果他能活下去，我們要替他裝一塊人工不銹鋼的骨頭。

手術完了，我發現孩子情況越來越危險，如此充血的腦子，能恢復的機會幾乎小到零，可是我知道我如何可以救孩子的命，我跪下來向上蒼祈禱，「只要小孩子活下去，我可以走。」這次我是玩眞的，不是亂開支票。孩子一旦活了，我知道我該到那裡去。

清晨五點，一位護士興奮地把我叫進了加護病房，那個小孩子睜大眼睛，要喝楊桃汁。他也認識他的父母，他的爸爸抱著他大哭了起來，孩子顯得有些不耐煩，用手推開爸爸，原來他手腳都能動了。

我們在早上八點，將孩子移出了加護病房，孩子的爸爸拚命地謝我，他說他再也不敢騎機車載孩子了，他一再稱讚我醫術的高明。

我當然知道這是怎麼一回事，我醫術再高明，也救不了這孩子的。等到一切安置妥當以後，我回到辦公室，寫了一封信給院長，一封信給我的助理，將我的一件羽毛衣送給他，拜託他好好照顧窗口白色的非洲菫，同時勸他早日安定下來，找位賢妻良母型的女孩子結婚。

我上了車，向五指山開去，我知道，這一次我一定會找到李花村的。

果眞，往李花村的牌子出現了。我將車子停好以後，輕快地走進了李花村，那位中年人又出現了，他說，「張醫生，歡迎你回來，這一次，你要留下來了吧！」我點點頭，這一次，我不會離開李花村了。

附記

聯合報竹苗版的新聞：竹東榮民醫院的張醫生去世了，張醫生在竹東醫院行醫三十年之久，他的忽然去世，令大家傷感不已，因為張醫生生前喜愛小朋友，常常陪病童玩耍，每年耶誕節，他一定會扮耶誕老人來取悅醫院的病童，張醫生年輕時曾愛上一位女友，她因車禍而去世，張醫生因而終生未婚，由於他沒有子女，他將他的遺產送給了竹東世光療養院，世光療養院專門照顧智障的孩子，張醫生生前也常抽空去替他們做義工。

令大家不解的是張醫生去世的方式，他的車子被人發現，停在往五指山的公路旁邊，整個車子朝右，引擎關掉了，鑰匙也被拔出，放在張醫生的右手口袋，他的座椅傾斜下去，張醫生也就如此安詳地躺在車內去世，醫生認為他死於心臟病突發，可是張醫生卻從來沒有心臟病，最不可思議的，張醫生如何知道他的心臟病快爆發了？

在張醫生死亡的前一天晚上，他奇蹟似地救活了一位因車禍而腦充血的小男孩，當這個小男孩父親一再感激他的時候，張醫生卻一再地宣稱這不是他的功勞。

張醫生的車子向右停，顯示他似乎想向右邊走去，可是公路右邊是一片濃密而深遠的樹林，連一條能步行的小徑都沒有，張醫生究竟想到那裡去呢？這是一個謎。可是從他死去的安詳面容看來，張醫生死亡的時候，似乎已有著無限的滿足。

苦工

我做大學教授已經很多年了，我注意到大學男生屬於白面書生的已經是非常少了，大多數男生都有很健康的膚色，可是比起在外面做工的工人來說，似乎我們的大學生仍然白得多了。張炳漢是少數皮膚非常黑的那種大學生，難怪他的外號叫作「小黑」，我是他的導師，第一天師生面談，他就解釋給我聽爲何他如此之黑，他說他從高二開始就去工地做小工，再加上他是屏東鄉下長大的，所以皮膚黑得不得了。他說他家不富有，學費和生活費都要靠哥哥，而他哥哥就是一位完全靠勞力賺錢的建築工人，他大一暑假就跟著他哥哥打工，賺了幾萬元。

有一天，一位屏東縣社會局的社工人員來找我，他告訴我一件令我

大吃一驚的事，他說張炳漢的父母絕不可能是他的親生父母，因爲他們血型都是O型，而張炳漢卻是A型，他們早就發現了這個個案，經過腦資料庫不斷的搜尋，他們總算找到了他的親生父母。長話短說，我只在這裡說一個強有力的證據：他們發現張炳漢其實是走失的孩子，他現在的父母領養了他，而他被發現時穿的衣服也有很清楚的記錄，當時他只有兩歲，十八年來，他的親生父母仍保留著當年尋人的廣告，也從未放棄過找他的意念，那個廣告上的衣服和小黑當年被找到的完全吻合，再加上其他的證據，他們已可百分之百地確定小黑可以回到親生父母懷抱了。

社工人員問我小黑是一個什麼樣的孩子，我告訴他小黑性格非常爽朗，他建議我們立刻告訴他這個消息。

小黑聽到了這個消息，當然感到十分地激動，可是，他告訴我，他早就知道他的父母不可能是他的親生父母，血型是一個因素，另一個因素是他和他哥哥完全不像，他哥哥不太會念書，國中畢業以後就去做工了，他卻對念書一點困難也沒有，他哥哥體格也比他強壯得多。他們倆唯一相同之處是口音，可是他認爲這是因爲他從小學他哥哥的緣故。

不要看小黑年紀輕輕，他的決定卻充滿了智慧，他說他不知道他的親生父母是什麼人物，不論他們是什麼人，他的身分證上的父母欄不會改變，他的理由非常簡單：他們對我這麼好，收養了我，含辛茹苦地將我帶大，我這一輩子都會認他們爲爸爸媽媽。至於親生父母，我會孝順他們，將他們看成自己的父母，只是在法律上，我不要認祖歸宗了。

我和社工人員都爲小黑的決定深受感動，社工人員告訴小黑，他的生父是一位地位不小的公務員，生母是中學老師，他們還有一個兒子，比小黑小一歲，念大學一年級，他們住在台北。

小黑表現得出奇鎭靜，他要和社工人員一齊回屏東去，將這一切告訴他的爸爸媽媽，他的爸爸媽媽是典型的鄉下好人，他們聽到這個好消息立刻和台北方面聯絡，約好週六小黑去台北見他的親生父母。

誰陪他去呢？這個責任落到我和太太身上，我們夫婦兩人抓了小黑，到街上去買了新的牛仔褲，新的花襯衫，當時已冷了，我們順便又替他買了一件新毛衣，星期六一早就從台中開車去台北「相親」。

小黑雖然是個壯漢，可是當他走下汽車的時候，兩腿都有點軟了，幾乎由我和太太扶著他進電梯上樓，大門打開，小黑的媽媽將他一把抱住，哭得像個淚人兒，小黑有沒有掉眼淚，我已不記得了，我發現小黑比他媽媽高一個頭，現在是由他來輕拍安慰媽媽。事後，他告訴我，當天他在回台中的火車上，大哭一場，弄得旁邊的人莫名其妙。我和我太太當然識相地只坐了半小時就走了，半小時內，我觀察到他的親生父母都是非常入情入理的人，他的弟弟和他很像，可是白得多，和小黑一比，眞是所謂的白面書生了。我心中暗自得意，覺得還是我們的小黑比較漂亮，尤其他笑的時候，黝黑的臉上露出一口白白的牙齒，有一種男孩子特別的魅力。

小黑收到了件夾克做爲禮物，是滑雪的那種羽毛衣，小黑當場試穿，完全合身，這也靠我事先通風報信，將小黑的尺寸告訴了他的親生父母。

我的工作還沒有結束，小黑要我請客，將他的「雙方家長」都請到台中來，我這個導師只好聽命，除了兩對爸媽以外，我還請了小黑的哥哥和他的親弟弟，因爲大家都是很眞誠的人，宴會進行得十分愉快，我發現小黑的哥哥的確比他壯得多，我又發現小黑的弟弟比他們白了太多，小黑好像感到這一點，他說他還有一個綽號，叫做「非洲小白臉」，他顯然希望由此綽號來縮短他和弟弟間的距離。

小黑的帳戶中增加了很多錢，可是小黑的生活一如往常，只是週末有時北上台北，有時南下屛東，他的親生母親一開始每天打電話來噓寒問暖，他只好求饒，因爲同學們已經開始嘲笑他了。

大二暑假開始，小黑向我辭行，我問他暑假中要做什麼？他說他要去做苦工，我暗示他可以不必擔心學費和生活費了，他說他一定要再去屏東，和他哥哥在一起做一個暑假的苦工，他要讓他哥哥知道他沒有變，他仍是他的弟弟。

我知道屏東的太陽毒得厲害，在烈日之下抬磚頭、搬水泥，不是什麼舒服的事，我有點捨不得他做這種苦工。小黑看出了我的表情，安慰我，教我不要擔心，他說他就是喜歡做苦工，他還告訴我他做工的時候，向來打赤膊打赤腳，這是他最痛快的時候。可是小黑沒有騙得了我，我知道小黑不是爲喜歡打赤膊、打赤腳而去做苦工的，如果僅僅只要享受這種樂趣，去游泳就可以了，我知道他去做工，完全是爲了要做一個好弟弟。

小黑大三沒有做工了，他是資訊系的學生，大三都有做實驗的計畫，整個暑假都在電腦房裡，他自己說，他一定白了很多。

暑假快結束的時候，我看到小黑身旁多了一個年輕人，在他旁邊玩電腦，我覺得他有點面善，小黑替我介紹，原來這就是他弟弟，可是我怎麼都認不出來了。他過去不是個白面書生嗎？現在爲什麼黑了好多，也強壯多了？

小黑的弟弟告訴我，他已經打了兩個暑假的苦工，都是在屏東，兩個暑假下來，他就永遠黑掉了，我忍不住問他，難道他也需要錢嗎？

小黑的弟弟笑了，黝黑的臉，露出了一嘴的白牙齒，他指著小黑對我說「我要當他的弟弟」。在烈日下做了兩個暑假的苦工，他眞的當成小黑的弟弟了。

考試

——僅以此文獻給全國辛苦教書的中小學老師

明天我就要退休了。

做了整整三十五年的中學老師，我可以說我這一輩子過得非常充實，非常有意義。我到現在還記得我開始做中學老師的那一年，我一畢業，就進入了一所明星中學去教數學，學生完全是經過精挑細選選出來的，很少功課不好，我教起來當然是得心應手，輕鬆得很。隨便我怎麼出題目都考不倒他們。

可是，我忽然注意到班上有一位同學上課似乎非常心不在焉，老是對著天花板發呆。期中考，他的數學只得了十五分，太奇怪了，全班就只有他不及格，而且分數如此之差。我找了一天，放學以後，請他和我談天，這小子一問三不知，對他的成績大幅滑落，他講不出任何理由。他一再地說他上課聽不懂我講什麼，我卻覺得他不用功，因此就威脅他，說要找他的家長談談。這位學生一聽到我要去找他的家長，立刻緊張了起來，他說他的父親生病去世了，當時他只有五歲，母親改嫁後到了美國，沒有帶他去，他一個人和他祖母一起住，經濟情形很好，可是他說他祖母年紀大了，連國語都不太會講，也不認識字，如果他知道了他功課不好，一定會非常傷心的。他被我逼急了，忽然問我，「老師，難道你以爲我騙你？難道我會做題目，而假裝不會做？」

我被他問得啞口無言，除了鼓勵他以後上課要用功一點以外，還答應替他補習數學，而且當天晚上就開始。這位同學一開始還老大不願意接受我做他的義務家教老師，可是由於我的堅持，他只好晚上乖乖地在我的督導之下做習題，我發現他其實不笨，只是對數學反應慢了一點，可是由於我每週替他補習兩次，他終於趕上了進度，考得越來越好。兩

個月以後，我就不管他了。

這位學生以後就和我很親密了，當時我們夫妻兩人沒有小孩，我太太知道這孩子沒有父母以後，就找他來吃飯，他有什麼事情，一定會來找我商量，包括一些生涯規劃的問題。

他考大學也算順利，去成功嶺以前還來向我們辭行，可是第三天，我收到一封他的信，信的內容令我吃了一驚。

老師：

請原諒我騙了你一次，當年我功課忽然一落千丈，是我故意的，我一直沒有爸爸，也想有個爸爸，這樣，如果有什麼問題，我好問問他，因此我心生一計，我發現我的英文老師，國文老師和數學老師都是男老師，我決定假裝功課不好，看看他們反應如何。

我的英文老師對我的成績是完全無動於衷，他將考卷還給我的時候，一點表情也沒有，我的國文老師將我臭罵一頓，他說他最痛恨不用功的學生，他罰我站了一小時，我雖然只有高一，個子已經很高，高個子最怕罰站，這麼大的人了，還要被羞辱，我當然心情不好，第二天〈赤壁賦〉一個字也背不出來，國文老師發現我交了白卷以後，立刻又罰我站，然後，在下課的時候，他向全班宣佈，他已放棄了我。

唯一關心我的就是你，你不但一再地問我怎麼一回事，還替我補習。其實你只要關心就夠了，我完全沒有想到你免費地當我的家教老師，我必須假裝不懂，如此裝了整整兩個月之後，才脫離苦海，但我從此發現我很會演戲。

最使我感動的人，其實是師母，她對我的關心，令我永遠也忘不了。師母第一次請我去吃晚飯，正好寒流過境，我故意沒有穿夾克。師母一看到我衣服單薄，立刻押著我去附近的冬衣地攤，替我選了一件厚夾克，我知道你們老師薪水不高，還對我這麼好，我知道我找到爸爸媽媽了。

我從此以後將你當作我的爸爸，有什麼事，我都會問你，你也都會給我建議，我也偷偷的學你的爲人處事。你對人誠懇，我也因此盡量對人誠懇，這些都是你所不知道的事。

我要在此請你原諒我，我當年騙你，實在是迫不得已，我的確需要一個好爸爸，也虧得你對我關懷，使我從此凡事都有人可以商量。

由於你在我功課不好的時候沒有放棄我，你是我一生中對我影響最大的人。

祝

教安

騙你的學生　張某某上

這封信卻令我出了一身冷汗，我們做老師的一天到晚考學生，我們很少想到學生也在考我們。我的那位學生出了一個考題，顯然只有我通過了這場考試。我從此以後就特別注意後段班的同學，無論他們的資質如何，我都不輕言放棄，我總會盡量地幫助他們，使他們能學多少就學多少。這麼多年來，我教了不知道多少功課不好的同學，有幾位大器晚成，還得到了博士學位，不論他們的學業成就如何，他們都在社會上有工作可做，沒有一位出問題的。

我發現後段班同學雖然成就不見得好，卻非常感激我，他們的任何成就，不論大小，都令我感到有些成就感。

明天，有很多我過去教過的學生來參加我的退休茶會，大多數恐怕都是當年的後段班同學，那位騙我的同學當然一定會來，他的事業很成功，一直和我保持密切的聯絡。我要在明天告訴他，我才應該謝謝他，他改變了我的一生，他是我一生中對我影響最大的人。

幕永不落下

我到現在還記得我是如何認識張義雄的。

有一天，我開車經過新竹的光復路，忽然看到一位年紀非常大的老太太在路上滑倒了，而且顯然不能站起來，我停下車去扶她，正好有一個年輕人騎機車過來，他也停了下來幫我的忙，我們兩人一同將老太太抬進了我車子的後座，我請年輕人在後座照顧老太太，他立刻答應，這位年輕人就是張義雄。他陪我送老太太到省立新竹醫院去。

在路上，我從後視鏡看張義雄，我發現他有一種特別溫柔的表情，他輕輕地扶著老太太，讓老太太斜靠在他肩上，他也握住了老太太的手，雖然沒有講話，可是很顯然的，他在安慰她。

到了醫院，老太太被安置在一張床上，急診室的醫生說沒有任何問題，她只是老了。我於是設法打電話到附近的派出所去，告訴他們這位老太太的消息，巧得很，老太太的兒子正好到派出所去找人，他立刻趕到醫院來了。所謂兒子，也已七十歲了，可見老太太是九十歲左右的人。

就在我四處打電話的時候，張義雄寸步不離地看顧著老太太，並緊緊地握住她的手，他的另一隻手一直在輕輕地拍拍老太太，老太太有時好像也在講一些話，我們誰也聽不懂她在說什麼。她的眼光幾乎沒有一分鐘離開過張義雄，張義雄的眼光也從不離開她。

老太太的兒子來了以後，我們就離開了。我送張義雄回到光復路去牽他的機車，在路上，我的好奇心來了，我問了他是不是一位神職人員。他如此有耐心，如此地溫柔，普通年輕男孩子是很少會這樣的。

張義雄聽了我的話，非常高興。他說，他不是神職人員，而是藝術學院戲劇系的學生，最有趣的是，他告訴我他在演戲，因爲最近他要扮演一個神父的角色，所以他一上了車就開始扮演神父。他問我對他的演技印象如何。我當然告訴他說我一點也不知道他在表演。

張義雄又告訴我一件有趣的事，他說雖然他一開始在表演，可是到了醫院以後，就不再演戲了，因爲老太太對他的依賴和信任，使他一分鐘也不敢離開她，何況她又緊緊地握住了他的手。他覺得他在醫院裡的這一段時光，是他的一種新的經驗，也會給他非常美好的回憶。

張義雄是那種話很多的人，他告訴我他爸爸是清大資訊系的教授，原來我和他爸爸是朋友，天下就有這麼巧的事。

以後，我好幾次去看張義雄的表演，我是外行人，沒有資格說他是不是非常好的演員，只是覺得他演什麼像什麼，他爸爸告訴我張義雄很認眞，演神父以前眞的找了一位神父和他住兩個星期，也研究了教義。

又有一次，他要演一個築路工人，這次他眞的去做了一個一星期的苦工，難怪他演得不錯了。

令我吃驚的是，張義雄居然要去做神父了，如此活潑好動的男孩子，肯去做神父，我當然感到很好奇，後來和他爸爸聯絡的結果，知道張義雄由於演戲的原因而認識了一些神父，也因此就變成了天主教徒，對於他決定去做神父，也不太意外，因爲他知道張義雄雖然看上去嘻嘻哈哈，其實是一個很認眞，很嚴肅的人。

很多年以後，我應邀去參加張義雄的祝聖神父大典，典禮莊嚴隆重，有一段時光，張義雄要完全伏在地上，看上去極爲戲劇化。我當時心中在想：「張義雄，張義雄，你不要又在演戲了。」

我知道張義雄一開始的工作是替大專同學服務，他會唱歌，會彈吉他，大專學生當然很容易地就認同了他。一年以後，他忽然說，他希望將主耶穌的光和熱，帶到世界最黑暗的角落去，因此他已得到了主教的首肯，要去監獄傳教了。他也曾寫信給我，說他要努力地扮演一個好神父的角色。他知道這個工作是很困難的。

我常和張義雄的爸爸聯絡，他說張義雄雖然非常認眞，非常努力，卻不能爲很多受刑人所接受，他們對他的反應可以用「冷淡」兩個字來形容。可是前個星期，我在報上看到一則消息，說張義雄神父如何地受到監獄裡受刑人的歡迎，好多人就是喜歡參加他做的彌撒。

我打通了關節，讓那所監獄的典獄長請我去參觀，我的最重要目的，是要看看那位張神父，究竟是爲什麼能受到如此的歡迎。

參觀到一半，我看到一位工友模樣的人在洗廁所，他抬起頭來，忽然叫了起來，「你不就是李教授嗎？」我也立刻認出他來，原來我們的張神父在洗廁所。我當時幾乎講不出話來。

典獄長告訴我，張神父的確變成了監獄裡的工友，我發現他什麼事都做，洗廁所，掃地，擦玻璃窗，修剪花木。他住在監獄裡，和受刑人一齊吃飯，當然他是一位神父，每天都做彌撒，而且監獄裡安排了時

間，使他下午都在替一些念書的受刑人補習功課，他也在晚上講道。雖然他是神父，他也是不折不扣的工友。

當我離開的時候，張義雄送我，和我殷殷道別，我問他爲什麼這次成功了，他說，他這一次扮演的是耶穌基督本人，他想了很久，終於想通了，如果耶穌基督來到這個世界，他不會高高在上地講道，他一定會謙卑地替大家服務，因此他決定做一個工友，從洗廁所做起，而且他全天候地住在監獄裡。很多受刑人都離開了監獄，只有張神父幾乎永不離開。連除夕夜，也留了下來。年初二，他回家去和家人團圓，可是立刻又回來了。

我問他：「你是不是又再演戲了！」

張義雄說：「你可以說我在演戲，可是演這一個角色，沒有台上台下，沒有前台後台，要演這個角色，幕就會永不落下。」

要離開監獄，必須要走過好幾道門，有一道鐵門，是受刑人絕不能越過的，張義雄就在這道門前停了下來。我走了出去，他留了下來，他在裡面向外面的我揮手道別，我終於瞭解「幕永不落下」是什麼意思。

本篇原收錄於《幕永不落下》（未來書城出版）

棉襖

我們學校裡有一位老工友，退伍軍人，我們稱他爲張伯伯。春節以前，我要到大陸的杭州去參加一個學術會議，張伯伯聽說以後，來找我，說有事要請我幫忙。

張伯伯給我看一件好舊好舊的棉襖，他顯然早已不穿這件舊衣服了，但是看起來這件棉襖卻十分有特別的意義。

原來張伯伯曾經參與過徐蚌會戰，當時戰況非常慘烈，張伯伯的部隊曾經有一段時間被共軍團團圍住，雖然我們的空軍也試圖空投糧食和彈藥，但是常常空投到了敵人的陣地，所以張伯伯經常活在飢寒交迫，既無糧草，又缺彈藥的情況之中。

有一天，一批共軍對他們突擊，張伯伯他們將對方擊退了。雖然暫時可以喘口氣，但是張伯伯不僅感到又冷又餓，最嚴重的是他感到非常的口渴，而他僅存的一些飲水也快喝到最後一滴了。

張伯伯看到一位剛才被他打死的一位共軍士兵，他腰上有一個水壺，張伯伯就跑去拿這一個水壺。在張伯伯設法解下水壺的時候，他發現這個小兵還帶了不少的乾糧。

當時天氣越來越冷，而小兵穿了一件很好的棉襖。張伯伯認爲小兵已經死了。他就剝下這件棉襖，穿在軍服裡面，他甚至還將這位小兵的鞋子也據爲己有了。

張伯伯說，如果不是這件棉襖以及那個小兵的水壺和乾糧，張伯伯可能會凍死，也可能因爲缺水缺糧而死在戰場上。所以他一直帶著這件棉襖，因爲他一直對棉襖的主人心存感激。

張伯伯突圍以後，在棉襖裡發現了棉襖主人的名字和家鄉，這位小兵的家人將他的名字和住址寫在一張小紙片上，而這張小紙片就塞在棉襖內裡的一個口袋裡，小兵的名字叫做李少白，他的家鄉是浙江省白際山裡的一個小村落。

雖然張伯伯對李少白心存感激，卻不敢和他的家人聯絡，因爲是他開槍將李少白打死的，當時他自己只有十九歲，他的感覺是李少白死的時候也只有十幾歲。張伯伯來台灣雖然一開始也很苦，可是現在孫子已經在念清大的電機系，他雖然過得很好，卻一直記掛著李少白的家人，不知道他們生活得怎麼樣。

他給了我一筆錢，叫我帶到大陸去交給李少白的家人，他說大陸鄉下人多半住在老地方，我應該找得到這個地方的。

張伯伯請我務必告訴李少白的家人，他雖然打死了李少白，他卻絕對和李少白無冤無仇，他家很窮，當兵是迫不得已的事，當時他也弄不清他爲什麼要打共產黨，他也相信李少白和他一樣，一心一意只想早日打完仗，好回去耕田。他說：「我們都是小老百姓，我們小老百姓之間是沒有仇恨的，是大人物叫我打仗的，我們又有什麼辦法呢？」

我在杭州開完會以後，就去白際山了。我們開會的時候，我逢人就問白際山怎麼去，沒有一位知道。我只有自己想辦法，換了好幾種交通工具，最後包了一部汽車往白際山上的那個小村落駛去。

李少白的老家在山上，說實話，這裡不僅落後，而且也相當地荒涼，上山的公路顚得厲害，一路上看不到幾戶人家，汽車更是幾乎完全看不到，偶爾可以看到公共汽車帶人上下山。因爲是冬天，所有的樹木都沒有葉子，這部汽車似乎沒有什麼暖氣，虧得我穿了一件羽毛衣，再加上當天有太陽，我還不覺得太冷。村莊到了，我們東問西問，居然找到了李少白的家。鄉下人很少看到汽車來訪，紛紛出來看我這個不速之客是何許人也。

這個家似乎人很多，其中有一位長者，他行動不便，必須靠拐杖才能走路，他招呼我坐下。我忽然緊張了起來，不知該如何啓口。

我結結巴巴地將張伯伯的故事講完，也完整地轉述了張伯伯那段「小老百姓彼此無冤無仇」的談話，最後我拿出了那張已經發黃了的紙片，上面有李少白三個字。

老先生將那張紙片拿去看，整個屋子的人鴉雀無聲，都在等他說話。老先生的手有一點抖，他看了這張紙片以後，終於說話了，他說：「我就是李少白，我沒有死。」

故事是這樣的，李少白在前一天的戰鬥中被一槍打中了大腿，當場就完全不能動了，一步也不能走，連爬都不能。他的連長找了兩個其他的小兵，將他放上了一個擔架，蓋上一床棉被，叫這兩個小兵將他送到後方的一個醫護站去。

李少白有一個夥伴，在李少白快離開的時候，這個軍中夥伴請他給他水壺和乾糧，因爲後方不會缺水缺糧的，李少白不僅給了他水和乾

糧，也給了他棉襖和鞋子，他反正短時間已經不可能走路，而且棉被也夠暖。他完全沒有想到他的夥伴第二天就陣亡了。他雖然到了醫護站，卻成了殘障者，走路要靠拐杖，解放軍給了他一筆錢，叫他回家。他有時也曾想到他的那位夥伴，但不知如何和他聯絡，今天才知道夥伴早已離開了人世。

老人的一番話，使我不知該說什麼，我決定不提張伯伯託我帶錢來的事，因爲我擔心老人家會怕觸霉頭，還好李老先生打破了僵硬的氣氛，叫人弄來一大碗熱騰騰的粥，也弄來了一些小菜，招呼我們吃。我吃得津津有味，從來沒有想到可以用粥來招待訪客。

李老先生問我張伯伯在台灣生活的情形，我告訴他張伯伯在軍中時當然很苦，退伍以後，生活稍爲改善了一些，最近是很舒服的了，不愁吃，不愁穿。

李老先生說他苦了一輩子，因爲他是個農人，卻不能種田，虧得他太太始終對他非常好，他的家人也一直沒有嫌棄他。

我告訴李老先生，張伯伯的兩個兒子都是工人，但孫子都受了良好的教育，其中有一位還是新竹清華大學電機系的學生。

李老先生一聽到這些，忽然興奮了起來，他說他的兒子們都是農人，但有一個孫子快上大學了。這個孫子極爲聰明，縣政府給他獎學金，使他能到城裡的高中去念書，他今年高三，模擬考的分數非常高，一定可以進入重點大學，現在是寒假期間，孫子放假，現在雖然不在家，但馬上就要回來了。我總算看到了這個聰明的小子，他說他的分數應該可以進北京清華大學的電機系，我勸他萬一進不到清華，進入交大也相當好了。這位年輕人對我這位來自台灣的訪客極有興趣，他說他一輩子就只有一個願望，進入台積電裡面去參觀一下。他又透露了他的另一願望：聽張惠妹的歌。他告訴我他的宿舍裡有張惠妹的海報。

我靈機一動，將我的羽毛衣脫下來，送給了這位年輕人，我這件羽毛衣極爲漂亮，是我太太買給我的，我太太很怕我有糟老頭子的模樣，所以經常替我買一些穿起來很帥的衣服，可惜我已白髮蒼蒼，再帥的衣服，穿在我的身上就不帥了。年輕人立刻穿上了這件羽毛衣，果眞奇帥無比，他說將來一定要在清華園裡穿這件衣服照一張相。

而我呢！脫下了羽毛衣，我忽然感到了一陣寒意。李老先生看出了這點，他去屋裡找了一件棉襖送給了我。

李老先生和我殷殷道別，他叫我轉告張伯伯多多保重，也叫我問候張伯伯的家人，希望大家都能安居樂業。

這件棉襖又跟著我飄洋過海，在飛機上，我卻獲得了空中小姐的讚美，她說她從來沒有看到這麼帥的衣服，還問我哪裡買的。

我見到了張伯伯，他很高興李少白現在生活得很好，但是他對於那位不知名的恩人心裡有無限的虧欠之情。我無法勸他看開一點，我沒有經歷過那一場可怕的戰爭，也許無法瞭解老兵的想法。

張伯伯在新竹清華大學念書的孫子正好來看爺爺，他一眼就看上了那件大陸鄉下人穿的棉襖，苦苦哀求我送他，我發現他穿了那件棉襖，的確很酷。看了這位台灣年輕人的樣子，我立刻想起了那位即將在大陸上大學的年輕人。

我眞羨慕張伯伯和李老先生的兩個孫子，他們都有好的前程，他們如果相遇，一定是在非常愉快的場合，也許會在張惠妹的演唱會，也可能是在一個半導體的會議中，他們絕不會像他們爺爺們那樣，在寒冷的戰場上見面了。

本篇原收錄於《幕永不落下》（未來書城出版）

上帝的語言

我們做大學生的人，常被抓去參加校方的各種典禮，有時有大人物來演講，校方怕聽眾不多，也會動員我們這些學生。

前些日子，我又去參加了一個典禮，有一位在社會上極有聲望的人要捐一大筆錢給我們醫學院。院長叫我們去捧場，我們當然願意去，一來可以瞻仰這位大人物的風采，二來在典禮結束的時候，我們照例可以有一大堆好吃的點心吃。

典禮開始，校長首先致詞，他一再地讚揚這位捐錢的大人物，也保證校方會善用這筆錢，這次的捐款高達五千萬，所以他也告訴大家，這是本校有史以來所收到的最大一筆捐款。

大人物接著致詞，他說他在四十年前有過一次車禍的經歷，就是在我們醫學院附設醫院裡醫好的，他還記得當年替他進行腦部開刀的醫生是陸醫生，他一直感激救了他一命的陸醫生，也一直感激這所醫院。他現在已經七十歲了，兒女都已長大成人，不想再去猛賺錢，捐這筆錢只是聊表心意而已，而且這僅僅是開始，他很可能再捐錢給大家的。

捐錢儀式不長，當然我們醫學院院長也講了一段簡短的話。在典禮快結束的時候，校長發現當年替大人物開刀的陸醫生也在場，就請陸醫生致詞。當年陸醫生只有三十歲，今年已是七十歲了。當年他只是一個普通的醫生，現在已是醫學院的名教授。七十歲是強迫退休的年齡，我們正準備參加陸教授的退休茶會。到時候，他大批徒子徒孫都會來參加的。

陸醫生說他現在想起來那天晚上的情形，那天晚上下大雨，他在家裡向他的太太說，看來這種大雨的晚上一定會有人出車禍，一出車禍就會被送到急診室來，他也一定會被抓去開刀。果真電話鈴響了，他趕去醫院，也立刻進行腦部開刀的手術。

當他開刀的時候，他並不知道這位病人的來頭，第二天他才發現，原來昨天被他開刀的病患是一位角頭大哥。陸醫生有一個弟弟，這個弟弟很倒楣，有一天，黑道火併，他騎腳踏車回家，被流彈打中，從腳踏車倒下來的時候，頭重重地撞到了電線桿，雖然事後恢復了健康，但從此有了學習障礙，原來功課非常好，現在根本不能念書了。陸醫生的弟兄都有很高的學位，唯有這個小弟弟，連高工畢業都非常辛苦。陸醫生的其他弟兄們也都有相當好的工作，唯有這個小弟弟，找事一直很困難。可以說這一輩子都被那一槍毀了。他們也不敢向肇事者索賠，誰敢向黑道大哥索賠呢？

當時火併的幫派之一，就是由大人物所統領的。陸醫生知道他的病人身分以後，眞是五味雜陳，他的弟弟被這位黑道大哥所害，而他的任務卻是要盡一切所能將這位仇人醫好。醫生是不可以報仇的，他中規中矩地將這位大哥醫好了。

可是他在致詞的時候，承認了他雖然從未做任何不對的事，可是在他替大人物注射一種藥物的時候，他卻有一種復仇者的快感，因爲他知道，這種藥可以防止血液過度的凝固，但後遺症是反應變得非常不靈敏，思路雖然清楚，卻要想很久才能得到答案。注射這種藥物並非陸醫生一人的決定，而是醫生們集體決定的，也是標準的做法。當時他悄悄地對他的病人說：「這一下，看你還能不能做黑道大哥？」陸教授的這一番話使我們大吃一驚。四十年前，我還沒有出生，我一直以爲大人物是個大好人，沒有想到他曾經做過黑道大哥。

陸教授講完了以後，大人物又發言了，他說他出院以後就知道了陸醫生弟弟的事，也使他擔心不已。他之所以如此感激陸醫生，就是因爲他發現他的手術非常成功，開刀以後，他的反應仍然很敏捷。腦子雖然

被開過刀，可是一點後遺症都沒有。

大人物越說越起勁，他告訴大家一件怪事。他說他回家以後，有一天在床上看電視，看到一隻野羊被豹子捕殺的鏡頭，過去他對這種事完全無動於衷的，可是現在，他的反應完全不同了，他絲毫不能忍受這種殘忍的鏡頭，他發現他忽然之間有了悲天憫人的情懷。他不能看任何打打殺殺的電影，更不能看到弱者被欺侮。他對陸教授說：「陸教授，試問在這種情況下，我還能做黑道大哥嗎？你的願望達成了！」

大人物解散了他所帶領的幫派，一開始很辛苦，想不到的是他也可以在白道上出人頭地。現在已經幾乎沒有人記得他有黑道背景了。

這些話已經夠我們吃驚了，可是這還不是高潮，大人物接著告訴我們一個更奇怪的故事。他說他的兒子學生命科學，對基因研究很有興趣，他發現他的爸爸在車禍以前，曾經在一家醫院保存了一袋血液，以備不時之需，他將大人物開刀前的血液和開刀後的血液作一比較，發現他爸爸的基因在開刀以後改變了。大人物自己說他學問不大，不懂改變的是哪一個基因，他兒子也沒有向他說明。他有時會認爲他之所以在開刀以後變了一個有慈悲心腸的人，恐怕就是因爲他的基因改變了。

陸教授是我國的基因權威，他向大家解釋，改變基因的治療是最近才有的技術，四十年前連聽都沒有聽過。一般藥物和腦部開刀是不可能改變基因的。他們當年所施行的手術，絕不可能改變病人的基因。

校長最後作了結論，他說他不懂生命科學，可是他知道這一次，捐錢給我們的人當年腦子被開了刀，也被注射了藥物，藥物本身也許會有後遺症，腦部開刀的時候，會不會有些腦部機能因此改變了？不過他說他從來沒有聽過一個人會因爲基因改變或者是腦部開刀而有悲天憫人的情懷。但是他提醒大家，一個人大病以後，人生觀常會改變的。

陸教授終於退休了。我這次是自動去參加茶會的，很多醫學院裡有名的學者都來了，那天正好是柯林頓總統宣布人體基因組研究初步成功的日子。會場上現場播放柯林頓的談話：「從此以後，我們要學習上帝的語言。」（From now on, we will learn the language of God.）

陸教授準備了一些書籤送給我們，書籤上只有兩句話，一句中文：「天意難測」，一句英文：We may never be able to understand the language of God.

在場的老師和學生們沒有一個人問陸醫生這兩句話的意義，很顯然的，我們對生命科學，最近都有了一種很特殊的瞭解。

媽媽，我的數學考九十分

西元二〇〇〇年十二月十日我是一個巴勒斯坦小孩子，現在念小學六年級，上學期，我隔壁的小朋友家裡買了一架電玩，我常找一個藉口去他家玩，本來應該寫功課的時候，常常花在玩電玩上，所以上學期，也就是五年級的下學期，我的功課實在不太好。

暑假開始以後，我們小學生都要返校去拿成績單，拿到成績單以後，我發現我完了，因爲我的數學只有四十七分，怎麼辦呢？拿了成績單，我簡直不敢回家。這種成績，回家一定會被爸爸媽媽罵。所以，我一直在外面混，直到快吃晚飯才回家。爸爸媽媽倒沒有打我的屁股，他們問我爲什麼會發生這種事，我說是因爲我迷上了電玩，爸媽叫我以後不要常去玩，一定要功課寫完以後才可以去玩。同時媽媽替我物色了一位家庭老師，專門補習我的數學。這位老師是大學生，他教得很好，我主要的問題在於不會分數的加減。虧得老師教了我最小公倍數，現在我對分數的加法一點也不怕了。

這學期雖然才只過了一個月，可是我發現我在班上算是數學非常好的學生，老師每次叫我們到黑板上去做題目，我都不怕。上星期，第一次月考，我不但數學考得很好，阿拉伯文和英文也都考得非常好。

今早老師給我們月考的成績單，我的阿拉伯文和英文都一百分，數學九十一分。比我好的只有一位，而她是女生。

下課以後，爸爸來接我回家，我們住在加薩走廊，附近有一個猶太屯墾區，爸爸告訴我路上有些暴動，所以他要親自接我回家。

我從前曾經歷過一些暴動，可是這次可怕多了，爸爸和我試了好多條不同的路，卻越走越糟，最後，爸爸告訴我，我們不能再走了，附近有一道高牆，爸爸叫我和他躲在這一道高牆之下。糟糕的是，顯然牆後面有人在朝街上的以色列士兵開槍，士兵也回槍。爸爸知道我害怕極了，一直緊緊地抱著我。而我呢？我有一種特別的想法，既然我是小孩子，以色列兵就不會對我開槍，爸爸反而因爲有了我而比較安全。

可是我忽然感到一陣痛，低頭一看，我肚子中彈了，大量的血流出來，爸爸更加緊緊地抱住了我。我告訴他救護車會來救我的，但我知道情形好像很不好，因爲我已經有點感到快昏過去了。

我費了一些力氣，從書包裡拿出了成績單，告訴爸爸我數學考了九十一分，其他兩門課都考了一百分，我眞怕成績單被血沾污了，叫爸爸好好保存。爸爸一再地親我，他將成績單好好地放進了他的內衣，我知道成績上有老師對我的評語，她說我「品學兼優，前途無量。」

我越來越虛弱了，連痛都沒有感覺了，我知道槍戰仍在進行，但我

已聽不見了。我用了所剩下的全部力氣，請爸爸告訴媽媽，我數學考到了九十分。

我知道我不可能再看到媽媽了，但是她一定會高興的，我上學期數學不及格，這一次考到了九十一分，何況老師還說我前途無量呢！好可惜，上次我怕回家，這次我想回家看媽媽，卻又回不成了。

我將頭靠在爸爸的身上，在我閉上眼睛以前，我看了一下天空，我發現今天天好藍，一點雲都沒有。我知道，我們巴勒斯坦這個地方，天空永遠都是藍的。

那青草覆地的墓園

我的爸爸就葬在附近，所以我可以常常去掃墓，去墓園有時會四處逛逛，我發現在公墓的邊緣有一片草地，草地上有一棵大樹，每年春天，這棵大樹會開白色的花，花瓣落在草地，非常好看。我一開始以爲這裡僅僅是草地而已，可是我後來發現有人常常在草地上撒一些花，我開始懷疑草地下也許有人葬著。

果眞，公墓管理員告訴我，這裡的確葬了人。有些流浪漢去世以後，政府就將他們葬在這裡，也有些窮人死了以後，沒有任何錢辦葬禮，政府也會幫他們買一口極便宜的棺木，葬在這裡。最近，流浪漢也好，窮人也好，都經過火化，骨灰也是埋在這裡。

過去，這裡簡直沒有人管，後來開始有些善心人士來將環境整理一下，有一位無名氏捐了一大筆錢，將這裡鋪上草地，種了這棵樹，而且每年寄錢來，要求政府將這片草地維持得很好。

我慢慢地發現有一位中年人，大概四十歲左右，常來替草地整理環境，我發現他好像很和善，就跑去和他搭訕。他說他的爸媽在年輕的時候，有一天去殯儀館參加一個葬禮，發現隔壁有一個非常簡陋的葬禮，一位道士在五分鐘內唸完了經文，一位年輕的女子在旁邊哭泣，他們才知道女子的年輕丈夫死了，她丈夫的病用盡了所有的積蓄，現在她連棺材都買不起，還好政府出錢幫她買了一口最便宜的薄皮棺材，中年人的爸媽好奇心起，跟著年輕的寡婦到達了公墓，發現這位窮苦的年輕人沒有能葬入公墓，只能葬在公墓外圍的地方，當然也沒有立石碑。

中年人的爸媽以後常常來做整理環境的義工，他們也鼓勵他來，現在他的爸媽都已過世，他這個習慣都已養成了。

清明節到了，公墓裡擠滿了來掃墓的人，我去那片草地上看看，忽然發現了那位中年人，這次我認出了他。昨天晚上，我在一個新聞節目中，看到一位記者介紹一個台灣富有家族的墓園，這個墓園背山面海，氣派非凡，記者說所有的風水師都說這個墓園風水好，難怪他們如此有錢，記者也訪問了這個家族中的一個成員。當時我就覺得有些面善，原來就是這位經常來做善事的義工。

這次他帶了太太和兩個兒子，兩個兒子都在草地上撒下一枝一枝的黃菊花，青青草地上現在到處都是黃菊花，我覺得這似乎有點不尋常。

中年人看到了我，微笑地和我打招呼。我問他是不是就是那一位富有家庭的成員，他說是的。我又問他是不是來掃墓的？他點點頭，然後告訴我一個驚人的事情，他說他的爸爸媽媽就葬在這裡，這片草地之下。

他的媽媽活著的時候，一直默默地照顧好多的窮人，是她寄錢給公墓，將這片亂葬之地變成了青草覆地的墓園。她說服了中年人的爸爸，他爸爸死了之後，大斂儀式之中，有短短的一段時間，只有他這個獨子和一位老傭人陪著棺木，他們將爸爸的遺體從昂貴的棺木中搬了出來，放進了薄皮棺材，昂貴棺木蓋上，裡面已經是空的，卻沒有人知道，晚上老傭人負責將他爸爸葬到這裡來。後來媽媽也去世了，又被偷偷地葬到了這裡。

媽媽叮囑兒子，不要知道爸爸媽媽確切的下葬地方，只要知道他們是葬在這片青草之下就可以了。所以他每次在青草地上撒花，都要到處撒下去，他知道他的爸爸媽媽希望他不僅想到爸爸媽媽，也想到那些幾乎死無葬身之地的窮人。

我看到了世界上最美的墓園。而且我有一個奇特的想法，每次看到青青的草原，我就會想到我的祖先，他們一定也是葬在草地之下，不然葬在哪裡呢？

小銀盒子

回想起來，這已經是五十年前的事了，當時我才從大學畢業，有人來找我，問我有沒有興趣去做當時教宗的貼身侍衛，教宗當然有貼身侍衛，而這些人是怎麼產生的？我從前一無所知，我從來沒有在報上看到這種找人的廣告，現在我知道了，教廷從不讓人申請，而是他們主動去找來的。我生長在一個天主教家庭，叔叔伯伯哥哥中都有人做了神父，我的一個妹妹做了修女，我的天主教信仰也算不錯的，大學成績很好，體育也很好，因此就有人來找我了。

我一開始老大不願意，我認爲這種工作高中畢業就可以去做了，我學的是生物，做這種事豈不奇怪？可是我知道教宗非常有智慧，而且也常常到外國去訪問，我爲了滿足好奇心，就答應了。反正這是個四年的契約，我猜我做完四年以後就不會再做了。

一開始，我當然有些緊張，教宗會忽然被一大批群眾包圍，雖然我受了好多的訓練，我根本弄不清楚誰是好人，誰是壞人。我知道，要想刺殺教宗，最簡單的辦法是穿上神父的衣服，如果打扮成主教就更容易。教宗是個慈祥的人，他一直告訴我們不要緊張，如果有人刺殺了他，也絕不能用槍將對方殺死，只要使他不能再行兇就可以了。他們也都有禁令：絕對不可以先發制人。

有一天，教宗請我們所有侍衛吃晚飯，他說他對於這種保護實在感到很無奈，他又說他絕不會對刺殺他的人有任何怨恨，因爲刺殺他的人，也是送他進天堂的人，他也絕對原諒任何這種人。教宗在飯桌上沒有任何訓話，反而和我們閒話家常，對我們每位侍衛的家人都很關心。我們事後都說教宗不是只關心我們靈魂的人，他對我們這些凡夫俗子的想法，顯然可以體會得到。舉例來說，他就很關心我們有沒有女朋友。

教宗每次出去，都要驚動義大利的警方，有時還要封鎖交通，警車開道是經常的事，對於這些擾民的事，教宗深感不安。他還有一個習慣，喜歡去訪問小教堂，可是每次訪問，都變成了大事，不僅大批警察出動，主教也一定會出來迎接。最後，教宗和大家取得一個協議，如果他去小教堂做彌撒，主教不必迎接，也不要任何一位主教陪同，義大利警察不必保護，也就是說，我們變成了唯一保護教宗的人。

一開始，教宗出訪，仍有兩部車一起去，到後來，只有一部車了。我們的一位侍衛擔任司機，教宗和我們兩位侍衛共乘一部車，雖然義大利警方不再隨行，但是他們仍在重要的地方等我們的車子通過，我常常想，如果我們的車子沒有準時通過，很多人就會知道了。

雖然教宗本人對於安全保護越來越不在乎，我本人卻越來越擔心，因爲當時巴勒斯坦問題非常嚴重，恐怖分子的活動也越來越猖獗，我常

想，如果恐怖分子綁架教宗，一定會成爲世界衆所矚目的大新聞。

有一天，我們又要到羅馬北部的一個小鄉村去，這種地方，過去的教宗是從來不會去的，可是教宗堅持要去，他好像非常喜歡到那些很荒涼的地方去，一來是因爲他認爲當地純樸的農民也有權利看到教宗，二來他好像很喜歡看荒涼的鄉下景色，尤其是夕陽西下的景色。

當天，輪到我保護教宗，在路上，教宗除了不時小睡片刻以外，就是和我們聊天，他對巴勒斯坦問題提出了很多非常特殊的想法，對我而言，這些見解使我茅塞頓開。

大約晚上五點半左右，天色已經昏暗，我們忽然看到前面有一個路障，司機只好被迫將車子停了下來，我一看，前後左右沒有一幢房子，也沒有一部車子，全是樹林，馬上就感到不妙，說時遲，那時快，兩個蒙面的人拿著衝鋒槍從附近的樹叢中走了出來，我們正準備拔槍，教宗卻叫我們不要動，他開了車門走了出去。

我們坐在車裡，看到教宗和這兩個恐怖分子講話，當然我們聽不見。不久，教宗回來了，他告訴我們，我們必須每一個人都睡一下，他說這兩個傢伙會給我們一種安眠藥吃，他向我們保證我們一定會醒過來的，我們當然相信他的話，但他的安危呢？教宗知道我們的憂慮，他一再安慰我們，一切都會有美好結局的，至於什麼是美好的結局，他沒有講，我們也不懂。

我們是晚上六點鐘吃下安眠藥的，一位蒙面的人拿了一罐藥，我們每人一顆，我記得我醒來的時候，已經是第二天的清晨六時，我睡去的地方，是在鄉下，醒來的地方卻是梵諦岡，一大堆的人在等我們清醒過來，義大利的警方也在場。

事後我才知道，我們的車子沒有按時經過一個義大利警方佈置的崗哨，他們立刻動員了一些警察去找。當時天色已經全暗，要找部汽車也不容易，大概在晚上八點鐘，我們的車在一條非常偏僻小路旁的樹林裡被找到了。我們三個活寶在車子裡呼呼大睡，教宗已經不見了。

梵諦岡在晚上八點半得知教宗失蹤的消息，教廷的發言人在羅馬晚上九點，向全世界宣佈教宗失蹤了，也請全世界的人爲教宗祈禱。可是教廷的發言人也透露了一個消息，他說教宗曾經留下一份文件，這份文件中很清楚地說，萬一他被綁架，教廷絕對不要和綁架他的人有任何接觸，也絕對不能因爲顧慮他的安全而和任何人妥協。教宗還有一個請求，萬一他因爲綁架而去世，他要求全世界的各國政府絕對不要追查是誰幹的，他身爲教宗，任務就是使世界更加友愛，更加和平，他只希望大家爲他的靈魂祈禱，而不要關心他的安危，他絕對不希望他的安危造成世界的不安。

在教廷宣佈教宗失蹤的消息以前，英國廣播公司搶先播報了這個新聞，他們推測綁架教宗團體是巴勒斯坦人，他們一定會要求以色列和美國在巴勒斯坦問題上讓步，否則就會殺害教宗。但教廷的宣佈卻使綁架的人無法得逞，果眞沒有任何人向任何國家的政府提出要求，也沒有任何人承認是他們綁架教宗的。

我們三個人醒來以後，將我們所看到的據實以告，大概在清晨六點半，教廷接到了報告，有人找到了教宗。

有一位義大利的農人，早上去牛廄裡去擠牛奶，發現教宗躺在草堆上，身上蓋了被，身旁有牛羊陪伴，好像安詳地睡著了，可是農人發現他已沒有呼吸，義大利的警方得到農人電話以後，立刻趕到了現場。不久一架直升機將教宗的遺體運回了梵諦岡。在梵諦岡，教宗的御醫和義大利最有權威的法醫都來了，大家的一致結論是教宗死於心臟病爆發，沒有任何他殺的跡象，教宗心臟不好，是眾所皆知的事，他死於心臟病，也是很正常的事。

教廷的主教們叫我們幾位侍衛進去，請我們檢查一下教宗身上有沒有任何東西不見了，教宗胸前的十字架仍然在，手指上的權戒也在，可是我發現有一件東西不見了，其他侍衛沒有發現這件事，我也沒有講，我當時有一個奇怪的想法，教宗是個思慮非常細膩的人，他的那個東西不見了，一定有原因的。

我們都參加了教宗的葬禮，葬禮中對他爲何死亡，沒有一個人提及，主禮的樞機主教一再強調的是教宗熱愛和平，紀念他的最好方法就是致力於世人的和平相處。教宗就這樣離開了人世，誰都知道他是被綁架的，但是誰也不提究竟是什麼人做了這件事。

我呢？我離開了梵諦岡，回到大學去念研究所，拿到了博士學位，開始我的病理學教授的生涯。可是我一直懷念教宗，對我而言，他是個慈祥的老人，他關心所有的人，也就是他鼓勵我念博士學位的，我也常常去他的墳前獻花。

三十年過去了，有一天，我在看電視新聞，新聞中報導二位巴勒斯坦人得到了諾貝爾和平獎，其中一位是醫生，另一位是商人，他們得獎是因爲他們一直在爲巴勒斯坦的和平而努力。在記者招待會中那位醫生比較健談，他說三十年前，他們兩人都才從大學畢業，他們發現巴勒斯坦問題的癥結所在，在於巴勒斯坦人比以色列人窮太多了，在如此貧富不均的情況之下，巴勒斯坦人永遠有一股不平之氣，只要這股怨恨之情存在，巴勒斯坦就不會有和平。所以他們兩人都努力地改善巴勒斯坦人民的經濟狀況，也設法讓世人瞭解貧困常是紛爭的來由。在他們三十年來的努力之下，巴勒斯坦人的生活水準已經和以色列人相差不遠，這個地區的平靜也就跟著來了。

我忽然想起了一些事，我覺得這位醫生的觀點我曾經聽到過，我知道他在黎巴嫩那一家醫院工作，我拿起筆來，寫了一封信給他，信中只有一句話，「小銀盒子是不是仍在你們那裡？」然後我註明我是當年教宗的侍衛，我的電話及通信地址。

果真，電話來了，醫生邀請我去看他。我們握手以後，他將小銀盒子交給了我。

教宗有心臟病，每天必須吃一種心臟病的藥，而我就負責將藥丸帶著，我有時會比教宗早睡，體貼的教宗因此找到了一個小銀盒子，我負責將藥丸放進去，教宗會將小銀盒子隨身帶著。教宗死後，我當時就發現小銀盒子不翼而飛。

醫生告訴我，當他們綁架了教宗，教宗就立刻叫出了他們的名字，他說他們的組織早被美國和以色列的情報人員滲透了。教宗和他的親信事先知道有兩位年輕人要綁架他，他因此立刻通知以色列和美國政府，叫他們不僅當時不要作出反應，以後也不可以有任何反應，天主教會則是絕對只談愛，而不會使世界再增加絲毫仇恨的。教宗也告訴他們，他們的組織一旦發現無利可圖，就不會出面承認這件事的。問題是這兩個小子如何回去交代呢？

教宗提出了一個解套的方法，他只要一天不吃一顆心臟病的藥，就一定會死去，他拿出裝藥的小盒子，給了他們，叫他們丟掉，他今晚就會因爲心臟病而去世，他們兩個人卻不是兇手，而且他又保證警方不會追查這件事的，因爲這是他的願望。巴勒斯坦人一定以爲教宗是自然死亡的。

可是，在臨死以前，教宗給他們講了一番大道理，他說巴勒斯坦的問題，在於巴勒斯坦人的經濟完全依賴以色列，以色列人有錢，巴勒斯坦人成爲服侍以色列人的工人，因此他給他們一個命令，叫他們趕快離開，然後從此以後要致力巴勒斯坦人民生活的改善。

醫生和他的朋友少有開口的機會，他們一切都聽教宗的指示去做，他們本來就準備了一床厚厚的毯子，現在可以派上用場，教宗對於睡在稻草上感到很滿意，他們臨走以前，教宗給他們祝福，醫生忽然問他，「萬一我們不照你的意思做，你不是白死了嗎？」教宗的回答非常簡短，他說：「很少人不聽我的命令的。」

醫生沒有丟掉小銀盒子，他相信教宗的話，警方不會追查這件事的，他也知道以色列和美國政府不會暗殺他，但是他們都留有遺囑，萬一他們被人暗殺，遺囑會公佈事情的始末。

醫生當然要問我一個問題，「你怎麼知道是我做的？」

我告訴他，當我拿到安眠藥膠囊的時候，膠囊外面有一個紙包，我拚老命記住藥名和廠牌，我事後發現這種藥只有醫生處方才會有，而且是中東地區的產品，當時那位蒙面的恐怖分子有一大罐，所以他一定是個中東地區的醫生。

最重要的是，他在記者會中的談話，正是教宗當天在汽車中和我們談的，我因此猜你們一定是聽了教宗老人家的臨終訓話。醫生將小銀盒子給了我，我接受了，他並沒有要求我保守祕密，因爲他知道我會如此做的，他也好像不太在乎，因爲教宗曾經謝謝他們，說是他們將他送入了天堂。

我仍然保有這個小銀盒子，我會叮囑我的子孫，當我們這些當事人都去世以後，將小銀盒子送回給教廷，讓梵諦岡博物館保留它吧！這個小銀盒子離開了它的主人，卻帶來了中東的和平。

今早我又拿出了小銀盒子，我發現盒子底部有一句拉丁文的話，「唯有經過死亡，才能進入永生」。教宗顯然是一直能掌握自己命運的人。

高僧未說法

我這一輩子，常有一種慾望，希望能夠聽到一位有學問的高僧說法，而且使我感動得立刻點頭，可惜這種機會實在不多，我有時會點頭，但點頭卻是因爲我有些想睡覺。

我自己有時也會出去演講，好幾次中午吃了午飯以後演講，有人眞的在下面鼾聲大作。他點頭了，可惜不是因爲我講得有多好。

前些日子，我到德蘭中心去，中心的走廊裡站了一位老法師，說他老，一點兒也不爲過，因爲他不僅走路走得很慢，即使轉身的動作，也只能慢慢地做。老法師一手拄著一根枴杖，一手拿著一個小袋子，看來他是要將小袋子裡的東西送給德蘭中心的孩子們。

我將一位修女請出來招呼老法師，修女將袋子接過去，除了一再謝謝以外，也問他是怎麼來的，老法師告訴修女，他走來的。當時修女就嚇了一跳，德蘭中心在新竹鄉下，門口的道路應該算是一條公路，汽車開得很快的，也沒有人行道，老法師如何走過來呢？我站在旁邊，就自告奮勇要送老法師回去，老法師非常爽快地答應了。

雖然老法師住得不遠，可是我盤算了一下，以他走路的速度來看，至少要一個小時才走得到，下了車以後，修女左謝右謝，一再地講，將來如果他有東西送給孩子們，實在不必親自送來，只要打個電話，她們就會來拿。

修女告訴我，老法師常常來，過去都有人送，爲什麼這次沒有人送？她也不清楚，每一次他來，都帶一小袋吃的東西來，這次就是一罐奶粉和一盒餅乾，看起來，這些食物大概是別人送他的，他節省了以後，就送給小朋友，這使我想起耶穌所說的話：「如果你有兩件內衣，

就應該送一件給別人。」

這一位老法師，省吃儉用，慢慢地走到一所兒童中心，將愛與關懷送給小孩子們。任何人看到，都會感動的。老法師的身影，在我腦海中揮之不去。高僧未說法，我這個頑石已點頭了。

我即將退休，我知道退休以後，該做些什麼事了。

（這是一個眞實故事）

大作家的夢想

大作家是個天才，小學的時候，天才就展現出來了，無論老師出什麼題目，他都能毫無困難地寫出一篇極有創意的作文。有一次，老師出了一個有關醫生的題目，別的孩子都死死板板地談醫生如何偉大，如何有愛心，如何替人類減少了痛苦。我們的大作家卻寫了一個有趣的故事，故事中，醫生自己變成了病人，由於他的醫生知識，他知道他的病情多嚴重，幾乎無藥可救，到了這一時刻，他忽然非常後悔他是個優秀的醫生。如果他不知道他的病無藥可治，他一定會過得比較快樂。當時，大作家只是個國中生。

可是，大作家也有一次滑鐵盧的經驗，他參加進大學的考試，發現作文題目是「一個窮人的日記」。大作家忽然寫不出來了，他知道世界上有窮人，可是他一時無法想像窮人如何思想的，因爲他出身於一個富有的家庭，有生之年，他沒有碰到過一個窮人。最後，他胡亂寫了一些，交了卷。

雖然大作家的作品都非常精彩，他永遠沒有忘掉他的這個難題，這是他一生中唯一寫不出來的文章，他對這件事耿耿於懷，總想有一天他能寫出一篇代表窮人心聲的文章，而且他希望這篇文章能永垂不朽。

戰爭爆發了，大作家被徵入伍。有一天，他和兩位弟兄出去巡邏，被敵人發現了，兩位夥伴都被擊斃，大作家落荒而逃，雖然擺脫了敵人，卻也迷了路，入夜以後，大作家一個不小心，掉入了很深的山谷，也昏迷了過去。

醒來以後，他發現他的兩條腿都斷了，他的槍也不見了，他設法大

叫了幾次，都沒有人聽見，他靠少許乾糧和極爲少量的水過了兩天。到了第四天，他已極爲虛弱，當夜晚來臨的時候，他感到他可能看不到第二天的天亮了。

可是，忽然之間，大作家發現他衣服裡還有一個火柴盒，他打開了火柴盒，看到三根火柴。擦亮了第一根火柴，他看到一個士兵平時帶的乾糧盒。擦亮了第二根火柴，他看到一個士兵平時帶的水壺。擦亮了第三根火柴，他看到一個陌生人在他的旁邊，握住了他的手。

最後一根火柴熄滅了以後，大作家知道他一生的夢想即將實現，因爲他終於了解窮人在想些什麼：他們無非想要一些可以吃的東西、可以喝的水以及來自別人的關懷。

大作家下定決心要保持清醒，直到天亮，他還有一張紙和一枝筆，他要在臨死以前，寫一個有關窮人的故事，而且他有把握他的故事會永垂不朽。

大作家的屍體被人找到，人們在他的衣服裡找到了一張紙，由於他當時已經很虛弱，紙上的故事非常短。

大作家的故事就是〈賣火柴的小女孩〉，而且被收入《安徒生童話集》，成爲家喻戶曉的小說。

鐘聲又再響起

我和阿杰都是暨南大學的學生，我們來到了這個學校以後，發現附近有好多地方可以去遊山玩水，一到週末，我和阿杰就到埔里附近去玩，第一年，我們只有腳踏車，第二年，我們都有了機車，出遊的範圍就越來越廣了。

有一天，我們來到了一個叫做倒影村的地方，忽然看到一個殘破的路標，路標指的地方是天籟村，現在是民國一百五十年，天籟村已經是被政府宣佈永遠歸還給大自然了。我們都知道，過去天籟村是有人住的，可是一次大地震震鬆了那裡的土質，以後每逢颱風或豪雨，就會有大規模的山崩和土石流災害，居民也就陸陸續續地搬離這個地方，三年前，最後一批居民離開了這個村，政府就宣佈天籟村不能再有人住了。政府切斷了水電，也在道路上設置了路障，從此天籟村就沒有人住了。

就因爲那裡沒有人住，我和阿杰卻更想進去看看，道路雖然已經不能讓車子走，但是縣一八九號公路仍然可以步行，我們決定將機車停在一個隱密的地方，沿著一八九號道路走進去。

這條道路兩旁大樹成蔭，一邊是山，一邊是一條小溪，偶爾可以看到一些被廢棄的房屋，這些房屋外面都長滿了綠色的爬藤，有些園子裡還可以看到當年人坐的椅子，有一次我們還看到了一輛生了鏽的機車。

現在回想起來，我們不懂我們爲什麼膽子這麼大，走了一個半小時，一個人也看不到，連一隻狗都沒有看到，倒是看到了各種的鳥，也看到了不少野兔，阿杰聲稱他驚鴻一瞥地看到一頭山豬。

走了兩個小時，我們終於到了天籟村，顯然，這裡曾經熱鬧過，我們看到派出所、衛生所、一些小店、一所小學、一些住家和一座教堂，我和阿杰這時才感到一點不安。看到這些倒坍的房屋，又看不到一個人影，總使我們兩個人想到一些科幻電影裡的情節。當然我們兩個都不願意講，我們強顏歡笑地四處看看，也拿了照相機照了一些相片。

在我們要打道回府的時候，忽然看到一間屋子裡居然有一位老先生住在裡面，這位老伯伯衣服很整齊，頭髮梳得很好，鬍子也刮得很乾淨，他看到我們，極爲高興，因爲他已經好久沒有見到人了。

老先生是電機工程師退休的，他說他小的時候生長在這裡，國中一年級隨著父母到了台北，從此揮別鄉下，在台北落地生根，他的學業很順利，進入電機系，做了一輩子有關電機的工作，家庭也很美滿。兩個兒子，一個兒子在美國，一個兒子在大陸，兩個人都全心全意地發展事業，無法常常和他見面，他的老伴在兩年前去世，大約一個月以前，他忽發奇想，找人將這裡的舊房子整修了一下，又回到這裡來住了。

老先生帶我們四處去張望，他顯然對這裡的一草一木，都嚮往不

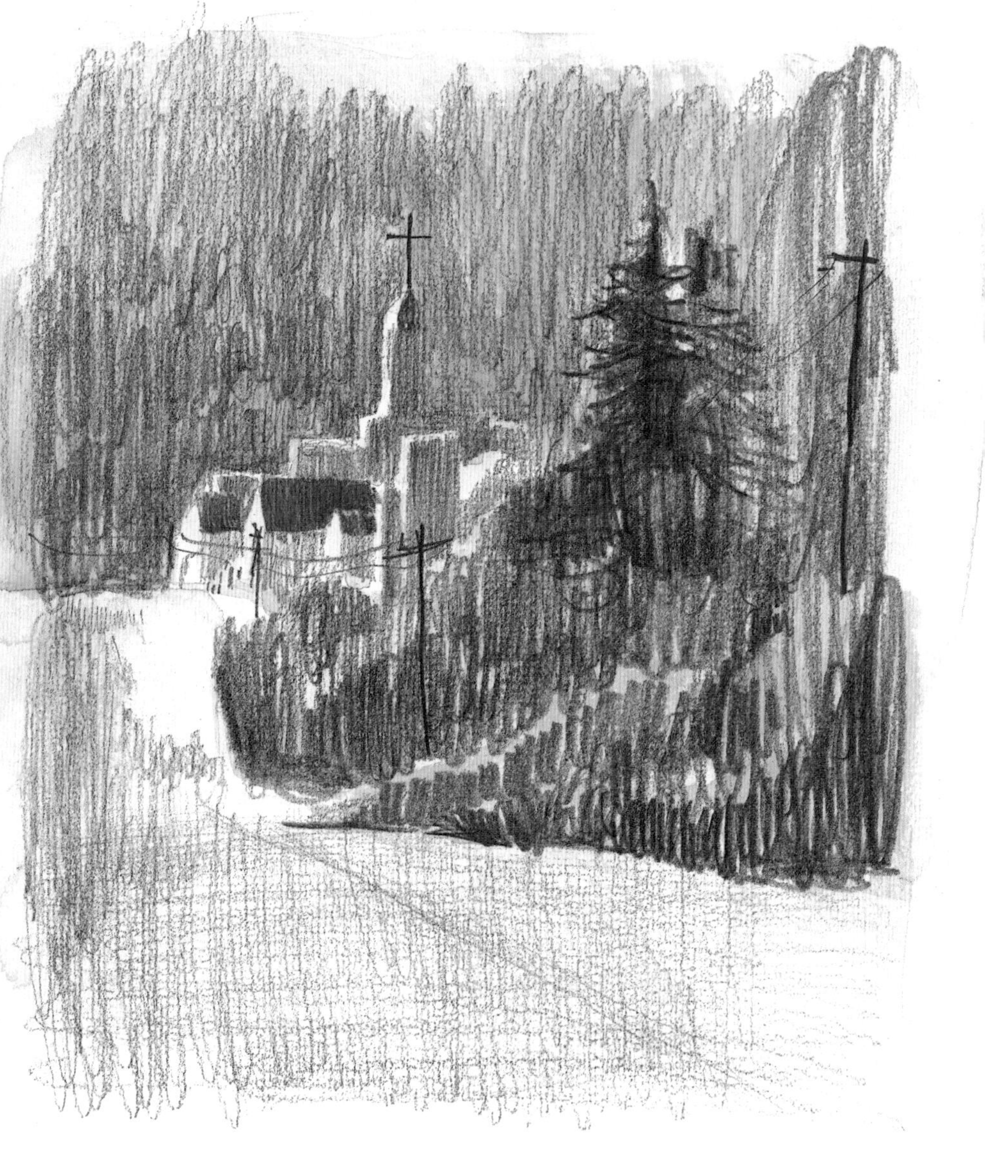

已，他告訴我，他永遠也忘不了那所小學，這所小學雖然有些改變，但改變得不大，現在當然是雜草叢生，但是房舍仍在。大多數的小學校舍都很制式化，但這座校舍卻很雅，牆壁是磨石子的，每根柱子都嵌入紅色的石子，一望就想起原住民的藝術。老伯伯告訴我們這是大地震以後的建築，特別美。

我們走到了那座教堂，教堂是紅磚造的，教堂外面有一個很高的架子，架子上有一座鐘，我和阿杰大喜過望，搶著去搖動繩子來敲鐘，鐘聲清脆無比，而且好像可以傳得好遠，這種在山谷中打鐘的動作，僅僅在夢裡夢到過，我和阿杰都爲了能夠敲鐘而興奮不已。

老伯伯告訴我們，這座鐘過去是不能亂打的，因爲當年，這座鐘是用來傳遞信息的，有人生孩子，鐘敲十下，有人去世，鐘敲十二下，有人生重病，快去世了，鐘敲十七下，意思是大家應該爲他的靈魂祈禱。鐘敲八下，大概是叫大家來開會，鐘敲十一下，是叫大家來望彌撒，至於每天黃昏的時候，鐘聲是要大家靜下心來晚禱。

老伯伯小時候對鐘聲沒有什麼感覺，只覺得好玩，他記得有一次晚上鐘聲響了，他的媽媽聽了鐘聲以後，就走到村子裡一戶人家去，因爲她知道有一位老太太要去世了。她必須去安慰老太太的家人。

可是他離開這個村子以後，卻又懷念這個鐘聲了，因爲鐘聲代表人與人之間的相互關懷。

在這個村子裡，誰都認識誰，所謂雞犬相聞也。村民們相互分享大家的喜樂，也分擔大家的憂傷。他在台北，住在一個公寓，隔壁住的是誰，他常常弄不清楚。鄰居搬走了，他也不知道。這麼多年來，他一直懷念著這個鐘聲，因爲鐘聲代表一個互相關懷的社會。他說他曾經感覺過互相關懷的滋味，老了以後，越發懷念這種感覺。

我和阿杰不約而同地告訴老伯伯，我們知道如何進來，我們以後有空，一定會再來看看他的，老伯伯卻說他可能在短期內要離開了。太陽快下山，老伯伯催我們離開。他說我們必須在天黑之前走回倒影村，他說萬一迷路，就沿著河往低處走，一定會走回文明的。我們只好走了。走了約十分鐘以後，忽然鐘聲又再響起，這次我們數了一下，鐘聲一共是十七下，我們都記得，這表示有人病重，已經快去世了。阿杰說，怪不得老伯伯說他快離開了。所謂落葉歸根也。

我們兩個人，大概一輩子都不會忘記那代表著互相關懷的鐘聲。前些日子，有一位同學出了車禍，我們一起去醫院看他，有好一陣子，他都在昏迷之中，我們平時嘻嘻哈哈的同學們，現在都很擔心地等著他醒過來。阿杰和我都在場，他悄悄地問我一句話：「老李，你有沒有聽到鐘聲又響起了。」我告訴他，我也聽到了。事實上，我們都發現，只要我們關懷別人，天籟村的鐘聲就會響起。

我們曾經又去倒影村一次，但我們找不到天籟村的入口了，雖然天籟村永遠消失了，但我和阿杰卻一直常常聽到那裡的鐘聲，因爲我們知道天籟村鐘聲深刻而特殊的意義。

癌症細胞

老張是我們高中同班同學中唯一念醫學院的同學，他是癌症醫生，我們雖然是好朋友，但我們常常開玩笑說最好不需要去找他。

同班同學聚會，老張一定會到，他的收入高得不得了，所以有的時候他會請客，偶爾同學中有人發生一些經濟上的困難，他也會慷慨解囊。雖然老張對人很慷慨，卻過著很簡樸的生活，他每次都坐公共汽車來聚會，他也乘公車離開，現在有了地鐵，他當然都乘地鐵。他也從不大吃大喝，我的感覺是，老張非常不喜歡過非常舒適的生活。

我們都是六十二歲左右的人，快到退休年齡，卻沒有人眞正退休。

大概四個月以前聽人家說，老張退休了，醫院還爲他舉行了一個退休儀

式，而且聽說場面有些哀傷。我弄不清楚是怎麼一回事，正想打電話給他，沒有想到在台北的一家書店碰到了他，他正在買偵探小說，看到了我，高興得不得了，一把抓住我，找了一家環境優雅的咖啡館，坐下來大談他所喜歡的偵探小說，我也聽得津津有味，可是我注意到一件事，老張瘦了一些。

老張是個聰明人。他當然知道我已經注意到他的消瘦，他主動地告訴我，他得了癌症，已經只有幾個月的生命。對我來講，這眞是晴天霹靂，也沒有問他現在有沒有治療，因爲我想他是這方面的專家，應該知道如何治療。離開咖啡館的時候，下雨了，我替老張攔下了一輛計程車，這是我有生以來第一次看到老張乘坐計程車。

一個月以後，老張來埔里找我，他的兒子開車送他來，他的兒子也是癌症醫生。我們一起去了附近的農場看油桐花，那裡的油桐花種在道路兩旁，大樹成蔭，車子開過滿地的白花，眞是奇景。老張雖然時常面露倦容，但他一再說不虛此行，因爲他以後再也看不到這種遍地都是白花的情景了。除了看花以外，老張也對我們的多媒體系統有很大的興趣，我們的研究生替他表演了好多有趣的系統，老張仔細地看這些表演，也問很多有道理的問題。

這也是我看到老張的最後一次，不久，老張就去世了。我當時心中納悶，爲什麼他走得這麼快，以他的專業素養，他的癌症一定是初期，他所得到的治療也一定是最好的，爲什麼他這麼快就走了？

我們都收到了訃聞，訃聞中除了絕對婉謝花圈這些玩意兒以外，還有一個特別的請求，請大家在指定的地點坐他們家租的遊覽車去，訃聞中好像拒絕任何人開汽車去參加葬禮。老張的葬禮，來了一大票名醫，他們都面容嚴肅，我們這些人看了這麼多的名醫，更加深一個疑問，爲什麼老張走得如此之快？

謎底終於揭曉了，老張的兒子致詞的時候，告訴我們一個我們都不

知道的故事：老張從頭到尾沒有接受任何治療。爲什麼呢？老張的兒子在禮堂中放映了一段錄影帶，在這段錄影帶中，老張解釋了何謂癌症細胞。我們常以爲癌症細胞是不健康的細胞，其實不然，癌症細胞是最健康、最有活力的，別的細胞雖然會分裂，但分裂會有止境。癌症細胞的分裂永遠不會停止，不斷的分裂需要養分，但是人的養分有限，癌症細胞的不斷分裂最後將其他正常細胞的養分吸取得一乾二淨。

因此老張認爲我們這些人都是癌症細胞，因爲我們太健康，所以我們吃得多，因爲我們有錢，所以我們消耗掉大量能源，可是地球上就這麼多資源，我們用得多，其他人類就倒楣了。老張在錄影帶中一再地強調，百分之八十的資源，由百分之二十的人類消耗掉，他也一再地提醒我們，如果全世界的人都像我們這樣地吃遠洋的魚，全地球海裡的魚只夠我們吃一天，他一再地問一個問題：如果全世界的人都像我們一樣地享受，地球上的資源能撐多久？舉例來說，四十年後，石油就用光了。

老張的錄影帶也介紹了非洲二千五百萬人得到了愛滋病的慘相，這一段的聲音被消除了。但這一段靜寂的錄影帶給了我們極大的震撼。

老張的兒子沒有解釋爲什麼老張不願意接受治療，那一段沒有任何聲音的錄影帶解釋了一切，老張早就對於他的好生活感到內疚，所以他一直儘量地過得很簡單，最近非洲大批人得到愛滋病，卻沒有人得到任何治療。歐美雖然有治療愛滋病的藥，但這些非洲窮人如何有錢買這種藥呢？這種情形也使老張很難過。

老張熱愛生命，但是他不願他的生命影響了別人，他不願意看到自己太健康，太健康就是癌症細胞了。

最後，老張提到他自己的病，他說他的病是不可能痊癒的，花了很多錢以後，他可以多活三至四年，在這三、四年內，他所能做的非常之少，所以他不願意爲了他的這三、四年的生命而花費人類大量的醫藥資源，有這麼多非洲人死於愛滋病，他實在是沒有興趣去接受治療了。

老張的兒子也在葬禮上告訴了大家，老張臨死以前，捐了大筆的錢給一個慈善機構，專門用作醫治非洲愛滋病人之用。

老張如果多活幾年，也許可以醫治一些人，但是他的拒絕治療，卻是一個強有力的震撼教育。前天，我們同學會，每人一個盤餐，大家不發牢騷，每個人都對自己的命運感到滿足。我家現在平時只開電扇，有客人來才開冷氣。我們也越吃越簡單，每次餐後有香蕉吃就心滿意足矣。

我住的是公寓，有時難免想念當年在美國住的獨門獨院的房子，現在我的想法也改了，如果全台灣的人都這樣住，台灣恐怕會看不到一片青山，一片綠水，全台灣只看到房子了。

老張說得有道理，我們不能生活得太好，我們不該是癌症細胞。我們應該將青山綠水留給下一代，留給別人。老張瀟灑地離去，使我們可以瀟瀟灑灑地活著。我們都輕鬆多了。

我的弟弟

我的弟弟真是一個人見人愛的小孩，在我們阿富汗這個國家，大多數的小孩都有一種憂鬱的表情。這也難怪，這幾十年來，我們沒有一天過著好日子，孩子們如何笑得出來？可是我的弟弟是個例外，他老是快樂得很，笑臉迎人。

昨天，我們一群小孩子在地上撿東西，來了一些外國人，他們如獲至寶地看到了我的弟弟，紛紛圍過來照相，還有一些人拿著一種大的機器，扛在肩膀上照，我不知道那是什麼東西，爲什麼他們拍我弟弟的相片呢？我想唯一的理由是他的笑容，在我們這個村落裡，要找到一個滿臉笑容的男孩子可眞不容易。

我的家庭只剩下我和弟弟了，爸爸是在十年前去世的，他的去世最爲悲慘。十年前，我們這裡有戰爭，雖然有一派得勝了，但是好像勝利得來不易，所以勝利的結果是一場大屠殺，而被殺的人全是老百姓，我爸爸就是這一場大屠殺中的犧牲者。當時我的弟弟才出生。

我還有一個叔叔，在我爸爸去世以前，我們曾經被外國勢力佔領，是哪一個國家？我弄不清楚，爲什麼他們要佔領我們阿富汗？我也不懂，但是我知道，有很多人參加了游擊隊去驅趕這些外國軍隊，我的叔叔就是一個游擊隊員。

叔叔雖然參加了游擊隊，仍然回來過，我當時非常羨慕他，覺得打游擊一定非常有趣，叔叔一開始的時候，還滿高興的，因爲他告訴我，外國軍隊大概要撤退了。

但是在爸爸去世以前，叔叔忽然變得不快樂了，他說他發現現在已經不是阿富汗人打外國人，而是阿富汗人打阿富汗人，而且他發現自己人互相殘殺的時候，更加殘忍，他完全不懂爲什麼自己人中間有如此大的深仇大恨。他本來不想回去打游擊戰了，但是後來還是回去了，因爲還有一些外國軍隊沒有撤離。

叔叔一去沒有回來，他說得有道理，自己人打自己人殘忍無比，叔叔怎麼死的？什麼時候死的？我們完全不知道。

我的媽媽呢？我的媽媽經過這些災難以後，仍然還算堅強的，但是在我的妹妹觸到地雷而去世以後，她就變了一個人，雖然她仍然照顧我和弟弟，但她變得永遠生活在害怕之中，有的時候，她會在夢中哭泣，而事後一點也不知道。

前一陣子，有一批飛機來轟炸我們這裡，是哪一個國家的飛機？我也不清楚，可是他們的炸彈像雨一樣地落在我們附近，每一次我們都躲進了山洞裡，可是每一次仍有很多人死掉了。

媽媽呢？她每次進了山洞，就緊緊地抱住了我和弟弟，有一次，轟

Mr. Red
2002.6月

炸持續了很久，媽媽忽然鬆手了，我知道是怎麼一回事，媽媽去世了。她受不了外面爆炸的聲音，加上她又擔心我們兩個小孩未來的命運。

我和弟弟從此變成了孤兒，好在，在這個村落裡，像我們這種孤兒到處都是，回教徒會一直照顧孤兒的，我和弟弟就靠鄰居的照顧活了下來。

轟炸停了，炮聲開始了，我們這裡本來都是牧羊人，現在羊也沒有人牧了，到今天爲止，炮聲還很微弱，大概是軍人還很遠吧。我們小孩子紛紛到田野裡去撿破東西，任何一樣破東西，我們都放到一個袋子裡去，我們還是可以將這些東西賣一些錢的，我們這群撿破爛的小孩子引起了外國人的注意，我弟弟也因此成了他們拍照的對象。

幾分鐘前，我聽到一聲爆炸的聲音，我的弟弟被炸死了，也許是觸到了地雷，也許是碰到了一個還沒有爆炸的炸彈。我雖然難過，但我慶幸他已經死了，如果他被炸掉了一條腿，我是沒有辦法替他買拐杖的，他就只能爬行了。

我會將弟弟和媽媽妹妹葬在一起，按照回教徒的規矩，我必須在二十四小時將弟弟葬好。好在我們並不要棺木。我會一個人完成這件事，因爲我不能讓別人又觸到了地雷。

快下雪了，我可能撐不過冬天。希望打仗快點結束，我們的政府可以好好地照顧阿富汗這一個廣大的墓園。使我們能夠永遠地安息。

駭客任務

我年歲已大，記憶不太好，趁我記憶猶新之際，我要將我遭遇到的事情寫下來。

我用三架電腦，一架在暨南大學的研究室，一架在清華大學的研究室，一架在家裡，去年十月左右，我早上在清大研究室用電腦，看了電子郵件，下午我在家裡用電腦，我習慣性的一個動作是看看我有沒有新的電子郵件。我收信的伺服器在暨大，通常總有幾十封信在裡面，可是，那天下午，伺服器中一封信都沒有了。

我的好友邱教授是暨大計算機中心的網路組組長，我打電話給他，告訴他，我伺服器上的信件全部都不見了，邱教授認爲我活該，我狡兔

三窟，必定有一架電腦在看過信以後，將伺服器上的郵件順便刪除了，我一再地告訴他這不可能，因爲我對於這件事是非常小心的，每架電腦上看信的機制，都不會刪掉伺服器上的信。邱教授反問我，那你如何解釋這種現象？我啞口無言。

幾個小時以後，我又收到信了，一切又恢復了正常。我回到暨大去上課，在周三下午，我忽然發現伺服器上的信又不見了。在暨大，雖然我已不是校長，很多人卻對我很好，所以有一大批計算機中心的專家來看這是怎麼一回事，我告訴他們我用 Netscape分開一些些看信，我又給他們看我在 Netscape 裡面的設定，設定中明文規定不要從伺服器上刪掉郵件。

就在此時，一位同事發現了一件怪事，儘管我從來沒有用Outlook Express 來收信，我的 Outlook Express 裡卻有一大堆的信件，他們看了一下，發現自從去年六月，我的 OutlookExpress 就陸陸續續地在看信，尤其值得注意的是兩件事：

1. 我的電腦在上週六曾經收過一次信。
2. 我的 Outlook Express 設定了一旦收了信，就從伺服器上刪掉信件。

這下，我上週六信件不見的事情可以解釋了，事實上是有人在我的暨大研究室電腦上的 Outlook Express 看了信。因爲Outlook Express 的設定是會自動將伺服器上的信件刪除的，所以我的伺服器上的信件就不見了。

但是不能解釋的是：有人利用我的 Outlook Express 看信，從六月就開始，設定一直是不刪除信件的，爲什麼上週六忽然將設定改了，一改我就發現了，如果他要秘密地做這件事，他就應該永遠不刪除伺服器上的信件，看來這位老兄是要警告我一聲。也許他認爲我太糊塗，始終不知道他已在利用我的電腦看我的信件，一氣之下，做了一個大動作，將設定改成刪除信件的設定。

誰可能進了我的研究室呢？我的學生嗎？如果是我的學生，爲什麼要修改設定來讓我知道？這件事之後，我放棄了 Netscape，因爲校方只幫我們維護 Outlook Express。

大約去年十一月的時候，又發生了一件怪事，我發現我無法送電子郵件給我的一個同事，許中頤小姐。她專門處理我們暨大電子雜誌的文章，我又向我的同事求救，這位同事發現許小姐可以收到別人的郵件，唯有收不到我的郵件。這位同事研究了好久，發現我用英文記錄所有的名字，以許中頤爲例，我記錄她的名字是Hsu,C,Y,，這位同事異想天開地將 Hsu,C,Y，改成 Hsu C,Y,，就這麼一改，我又可以寄信給她了。

這當然是完全不合理的，Hsu 的後面有「，」，並不犯法，我一直都如此做，況且我對任何人都如此做，信也一概送得出去，爲什麼唯有許中頤，我不能如此做。

過了一星期，這個毛病又發作了，這次發作在我的助理李秋玫小姐上，我原本的寫法是 Lee,C,M, 改成了 Lee C,M，信就送去了。

我曾請很多學生來親自看這件怪事，誰也不能解釋這是怎麼一回事，我又請他們用我的方法記錄姓名，都成功了。爲什麼唯有我不能在某些人的姓氏後面加上「，」呢？對於電腦我是個宿命論者，我想這是因爲我在暨大電腦的作業系統中有一個缺點，所以才會如此，我只有自認倒楣。

沒有想到的是，我在清大研究室的電腦也發生完全同樣的問題，解決的辦法仍是一樣，只要將姓氏後面的「，」去掉就可以了。有兩位清大的研究生可以作證，他們當然也完全不懂這是怎麼一回事，他們用同樣的方法記錄姓名，卻沒有問題。

我家的電腦一直都沒有出現這類問題，可是在半年前，我家的電腦也出了同樣的問題，有一次，我要寄信給我的助理，被退了回來，我將她的英文名字後面「，」去掉，信就寄出去了。

有趣的是，這種現象只限於和我很熟的人，舉例來說，學生之中，只有暨大的朱威達，靜宜大學的黃其思和清大的李欣樺，其他的人都安然無恙。而系上的幾位教授，電機系的教授以及我的哥哥弟弟，都遭遇到了麻煩，我的幾位助理，當然人人遭殃。

這還不是我遭遇到最奇怪的事，有一天，我忽然不能使用我在暨大的電腦，又是一大堆同事來幫我的忙，七搞八搞，我總算是可以用了，但是我發現我找不到我的檔案，差不多一小時以前還在的檔案現在全都不見了。還好有一位同事發現了一件怪事，我電腦的桌面不是今天的，而是六個月以前的桌面。

我的同事好厲害，他們替我恢復我的桌面，我的檔案又找到了，這個現象，等於有人將我家的電話簿換了幾年前的電話簿，雖然別人的電話都在，我卻找不到他們的電話號碼了。

這個事件以後，我的同事給我一個嚴重警告，他們說我讓我的學生用我的電腦，是一件危險的事。他們勸我不准任何人用我的電腦。他們的建議，被我一口拒絕了。

我告訴他們，我絕對信任我的學生和助理，如果我連學生和助理都不信任，人生又有何意義？我告訴他們，我認爲有外人已經入侵了我的電腦，只是我不知道他是誰，事實上我的電腦設定上的確都有一個漏洞，即使我關上電腦，只要電源還在，外人仍然能夠經由網際網路來開啓電腦的。

我終於收到了一封電子郵件，這封信是這樣講的：

敬愛的李教授：

我承認我輸了。

最近你所遭遇的一連串事件，都是我所做的，我做這些事情，並沒有對你造成任何損失。每一次，你們都發現如何挽救，你看過那部 The Game 嗎？在那部電影裡，男主角一直遭遇到各種災難，看上去這些災難都很可怕，但是男主角每次都化險爲夷，無非是因爲設計這些災難的人都沒有致他於死地的想法，所以他們總是設計了一套他能死裡逃生的機制。

爲什麼我要搞這些鬼？我其實只有一個目的：我要使你不信任你的學生，沒有想到你仍然如此信任你的學生，我的挑撥離間，是完全失敗了。這已不是我第一次失敗了。上一次我侵入你的電腦，是十六年前的事，記不記得你當時的資料庫被人入侵了？那就是我幹的。

我是很厲害的駭客，我對你絕無惡意，也絕不會使你的電腦癱瘓的。入侵你的電腦，主要目的仍然是在挑撥離間，現在挑撥不成，我也不會再來騷擾你了。

駭客上

信上提到十六年前的事，我早已將那件事忘掉了，經過這位駭客的提醒，我才想起來。

十六年前，我在清大教書，當時我們系上只有一架主機，個人電腦還沒有問世，我們用的只是終端機，我當時在主機上建立一個有關演算法論文的資料庫，只有我的兩位研究生可以進入資料庫的內部，他們可以修改資料庫內部的資料，其他的人只能看資料。

有一天，我的一位在成大教書的學生打電話給我，他說我應該注意一件事，資料庫裡有一本書，書名有關性愛，一看就知道是色情書籍，但作者是李家同（英文名字是 R.C.T.Lee），我趕緊上去查，果眞找到了這本書。我並不能刪掉這本書，必須依靠當時的兩位研究生才將書刪掉，這兩位同學是王家祥和黃瑞榮。王家祥目前是清大的一個研究所所長，黃瑞榮是一位 VLSI 設計的專家。

就在那一天，我們發現一件更加可怕的事，在我們進入資料庫的時候，螢幕上會出現「打倒國民黨，台獨萬歲」這兩句話，但只出現幾秒鐘就消失了。

十六年前，這些話是不可以出現在公眾場合的，我們又花了好大的力氣才去掉這些驚人的口號，因爲我們根本不知道這是怎麼弄進去的。現在回想起來，這位駭客的本領實在高強，我們的資料庫是自己設計的，沒有用任何資料庫系統，他如何進得去？我至今仍然百思不得其解。當年的電腦沒有什麼多媒體的觀念，他如何能將口號弄到終端機上，又在極短時間內消失掉，我只有佩服的份。

我們當時困惑了好久，但我一下子就決定一切照常，因爲我對我的學生絕對信任，以後也就沒有這種事了。沒想到他十六年後捲土重來。

從各項蛛絲馬跡看來，這位駭客應該是有以下特徵的人：

1. 他是電腦專家，他能將我的桌面換成六個月以前的，越過的技術門檻實在高。

2.他一直知道我的所作所爲，我一直信任我的學生，他也知道。

3.他雖然入侵我的電腦，但並無意造成我極大的損失，十六年前他就可以刪掉我資料庫的全部資料。而他沒有做，只是塞了一本黃色書籍進入我的資料庫而已。

4.他很愛現。

究竟他是誰？我不知道，我也不想知道他是誰，可是我感激他來考驗我，我更感到高興的是，我通過了他的考驗，我信任我的學生，他想挑撥離間，不可能有成功的機會。

小男孩的爸爸

林教授是我們電機系的教授，他是一個典型的電機系教授，從小就一切順利，別人考高中送掉半條命，林教授在全無補習之下，輕鬆地考進了明星高中，然後就一帆風順，碩士後三年，就拿到了博士學位，說實話，他的指導教授雖然是一位大牌教授，但根本弄不清楚他的博士論文是怎麼一回事。

可是林教授卻有一件事不太順利，他雖然有了未婚妻，卻好久沒有結婚，似乎他的未婚妻老是拖三拖四的，不論他如何努力，他的未婚妻始終不給他確定的結婚時間。

有一天，我在研究室裡，忽然接到了林教授的電話，他說他在埔里的麥當勞遭遇到了大麻煩，叫我趕快去救他一命。我趕到了麥當勞，發現他在照顧一個小男孩吃冰淇淋。這個小孩黑黑的，大眼睛，可愛極了。林教授看到我以後，安撫了一下小男孩，叫他繼續一個人吃，然後走過來，輕輕地告訴我一個好滑稽的故事。

林教授說他今天來麥當勞吃漢堡，在排隊的時候，忽然有一個小鬼拉他的褲子，叫他「爸爸」。他被這個小鬼叫了爸爸，只好請他不要再叫了，沒有想到這個小鬼一點都不爲所動，反而越叫越大聲，令林教授窘不堪言。有一位胖女人，一聽到林教授否認他是小鬼的爸爸，氣得不得了，她帶了一把傘，就拿起傘來打林教授的頭。林教授發現情勢不妙，趕緊替小鬼點吃的東西，陪他吃飯。現在飯已經吃完了，他又點了冰淇淋給他吃。

林教授問我該怎麼辦？我首先問他究竟是不是這個小男孩的爸爸，林教授一再地否認，他說他也不是任何小孩的爸爸。他還說，實在迫不得已，他可以利用DNA檢驗來證明他完全是被小男孩栽贓的。

我說我們唯一該做的事情就是將小男孩送給派出所，林教授同意了。他將小孩抱起來，因爲這個小孩已經睡著了。到了警察局，林教授一字不提這個小孩叫他爸爸的事，只說他發現這個孩子走丟了。警察說已經有人報了案，這個孩子的媽媽病重，爸爸已經去世，孩子由阿姨看著的，但是媽媽在埔里基督教醫院的加護病房，阿姨一不小心，孩子就溜到街上了。現在總算被我們找到了，警察也很高興。

警察認得我，叫我簽了字，答應儘速將小孩送回埔基去，我們到了埔里基督教醫院。孩子的阿姨看到孩子回來了，鬆了一口氣。她一再感謝林教授，也告訴我們孩子的媽媽已經昏迷，去世大概僅僅是時間的問題了。孩子呢？他不太懂這是怎麼一回事，他只是緊緊地抱住林教授不放，林教授打了個電話給他的研究生，說他有事，無法和他們見面，然後又給了我一個工作，要我到公車站去將他的未婚妻接到醫院來。

林教授的未婚妻聽了這個故事，覺得好好玩，她認爲這事簡直有點不可思議，怎麼會有小孩子無緣無故地叫陌生人爸爸？我說也許他們有緣，這一點林教授的未婚妻很快地就發現了，她親眼看到孩子和林教授難分難捨的景象。

不久以後，林教授和他的未婚妻參加了孩子媽媽的葬禮，林教授第一次聽到原住民的聖歌，大爲感動，反正他已是他們家庭的一份子，孩子已經不能離開他了。也離不開林教授的未婚妻。

林教授說他已經決定正式收養這小孩子，小孩子現在的監護人是他的阿姨，她毫無意見地答應了。南投縣社會局派人到暨大調查林教授的爲人，我們這些同事當然是異口同聲地將林教授講得不能再好。果眞林教授得到了一份南投縣社會局的公文，他們原則上同意林教授正式收養那個男孩子，唯一的條件是他必須在三個月內結婚，如果他在三個月內仍是單身漢，他們就要考慮別人了。

我們都替林教授捏了一把冷汗，試想他的未婚妻一直不肯確定結婚的日期，這次又如何會答應呢？沒有想到林教授的未婚妻立刻就答應了。

婚禮在小孩子山地家鄉的教堂裡進行，我們都去觀禮，新郎在祭壇前等新娘，第一個進來的卻是那個小男孩，他穿了一套全新的深色西裝，打了一個紅色的領結，一面走，一面撒花，我們大家不約而同地站了起來，大家都要看這個可愛的小男孩的風采。新娘走進來的時候，我們才將注意力轉移到新娘那裡去。

我們都替林氏夫婦高興，因爲他們平白地有了一個四歲的兒子，一年以後，他們的小孩也誕生了，是個白白胖胖的小女娃。

現在，林教授的小女兒也會走路了，我們常常看到林教授夫婦在黃昏時帶著他們的兩個頑皮小孩在暨大的草地上玩，他們還養了一隻狗，看孩子們在草地上跑來跑去，有時在追蝴蝶，有時在追校園裡到處都有的白鷺鷥，任何人都會打從心靈深處感到溫暖。春天來了，校園裡一百株的羊蹄甲花盛開，林教授的女兒常常在樹下撿從樹上掉下來的粉紅色花瓣，沒有比這個景象再美的了。

我呢？總覺得這個故事發展得太過完滿，世界上不可能有這樣完滿的故事的。有一天，我閒來無事，將整個故事從頭到尾想了一遍，然後我發了一封電子郵件給林教授。

不久，電話鈴就響了，林教授說他要到我研究室來看我，我知道爲什麼他要來，他是來招認了。

我準備了一壺咖啡，林教授喝了一杯咖啡以後，坦白地承認孩子當初沒有叫他爸爸，孩子走失了，在哭。林教授問他爸爸在哪裡，孩子說：「爸爸走了。」然後又告訴林教授他的媽媽在加護病房。我們的林教授靈機一動，一面買東西給小孩吃，一面編了一個感人的故事來騙我這個糊塗老頭。他沒有想到我會寄一封電子郵件給他，而這封電子郵件只有一句話：「林大教授，孩子究竟有沒有叫你爸爸？」他一看就知道我已經識穿了他的把戲。

雖然林教授承認他亂編故事，但他仍嘴硬，他說他一眼就愛上了這個大眼睛的小男孩，現在如願以償地結了婚，也做成了孩子的爸爸，可見他的規劃多偉大。他只有一個疑問，我如何知道他亂編故事的？

我告訴他，他的故事自始至終沒有人證，他和我講孩子叫他爸爸的時候，聲音極小，旁邊的人都聽不見，那個小男孩正全神貫注地吃冰淇淋，所以也聽不見他未來的爸爸在說什麼。最嚴重的是：他說有一位胖女人用傘打他，那天是冬天，天氣非常好，沒有雨，太陽也不辣，沒有人會帶傘的，這是他故事的一大漏洞。

林教授表示他不在意我拆穿了他美麗而充滿愛心的謊言，卻不知不覺地又倒了一杯咖啡喝，其實他多多少少有些緊張的。

至於林太太呢？她說她早就知道林教授在亂編故事，她之所以好久沒有和林教授結婚，也就是因爲林教授特別會亂編故事，有的時候，她簡直弄不清楚林教授講的是故事，還是事實。那個事件以後，她發現林教授心腸非常好，只是有時有點狡猾，可是狡猾都是爲了開玩笑，沒有任何惡意，他的想法是一個如此有慈悲心的人，將來一定會是個好丈夫，於是就結婚了。果眞，林教授不僅僅是個好丈夫，也是個好爸爸。

所以，我錯了。世界上的確可能有完美事情的。林教授自以爲他聰明過人，只要能編出一個將未婚妻騙得團團轉的故事，一切就很美滿。其實不然，他的故事發展得如此之好，是因爲他是個好人，好人常會有美滿家庭的，以後我要常常將林教授的故事告訴我的學生。告訴他們一定要先做一個好人，然後自然會有一個美滿家庭。

當代名家
鐘聲又再響起

定價：新臺幣270元

2002年12月初版
2015年8月初版第二十刷
2020年6月二版
有著作權・翻印必究
Printed in Taiwan.

著　者　李家同
責任編輯　顏艾琳
校　對　楊蕙苓
封面設計　莊祐銘

副總編輯　陳逸華
總經理　陳芝宇
社長　羅國俊
發行人　林載爵

出版者　聯經出版事業股份有限公司
地址　新北市汐止區大同路一段369號1樓
叢書主編電話　(02)86925588轉5307
台北聯經書房　台北市新生南路三段94號
電話　(02)23620308
台中分公司　台中市北區崇德路一段198號
暨門市電話　(04)22312023
郵政劃撥帳戶第0100559-3號
郵撥電話　(02)23620308
印刷者　文聯彩色製版印刷有限公司
總經銷　聯合發行股份有限公司
發行所　新北市新店區寶橋路235巷6弄6號2F
電話　(02)29178022

行政院新聞局出版事業登記證局版臺業字第0130號

本書如有缺頁，破損，倒裝請寄回台北聯經書房更換。　ISBN　978-957-08-5552-4 (平裝)
聯經網址 http://www.linkingbooks.com.tw
電子信箱 e-mail:linking@udngroup.com

國家圖書館出版品預行編目資料

鐘聲又再響起 / 李家同著．二版．新北市．
聯經．2020.06．
184面；14.8×21公分．(當代名家)
ISBN 978-957-08-5552-4 (平裝)
[2020年6月二版]

863.55　　109007806